…な玩具《おもちゃ》

黒崎あつし

幻冬舎ルチル文庫

CONTENTS ✦目次✦

✦カバーデザイン＝清水香苗（CoCo.Design）
✦ブックデザイン＝まるか工房

イラスト・御景 椿✦

一途な玩具《おもちゃ》

1

嘉嶋一希《かしまかずき》が通う大学から自宅までは約十キロ。

入学して一年目は、周囲に勧められるまま運転手つきの車で通学していた。

さすがに送迎つきだと悪目立ちしてしまうようなので、二年目からは自主的に自転車通学に切り替えている。

乗っているのは自転車屋さんに勧められたクロスバイクと呼ばれるスポーツ自転車で、ロードバイクほどには前傾姿勢をとらなくていいから初心者でも乗りやすかったし、普通の自転車よりずっと軽快に走れて気分もいい。

生身を晒《さら》して車道を走るにあたり、いつもヘルメットとサングラス、そしてグローブをきちんと着用し、周囲の異変にすぐ気づけるよう携帯プレイヤーで音楽を楽しんだりせず安全運転を心がけている。

ちょっとした段差によろけて車に接触して怪我《けが》をするなんて嫌だし、自分のミスで車の運転手を加害者にはしたくないからだ。

たまに学校帰りの気分転換で、少し遠回りして近くの公園内のサイクリングロードを走ったりもするのだが、そういう場所では歩行者にも充分注意するようにしている。歩いてる人からすれば、自転車相手だとほんのちょっとかすっただけでもけっこう痛いものだから。

加害者にはなりたくないし、自分が被害者になることで加害者を作りたくもない。なるべく誰《だれ》かに迷惑をかけることなく生きていきたい。

一希はいつもそう思っている。

もちろんこの日も、寄り道した公園でサイクリングロードの景色を楽しみながら、充分に注意して自転車を走らせていた。

だからこそ、森林浴を楽しめると銘打《めいう》った散歩コースのほうから微《かす》かに聞こえてくる子供の泣き声に気づいてしまったのだ。

(なんだろう?)

聞こえてくる悲壮な泣き声に、一希は条件反射的に自転車を停めた。

真っ先に脳裏《のうり》に浮かんだのは、昨今よく聞く子供絡みの痛ましい犯罪の数々。

木々が生《お》い茂《しげ》る遊歩道は、奥に入れば人目が届きにくい場所でもある。

まさかとは思うが、万が一のことを思うと、この泣き声を聞かなかったことにして立ち去ることなんてできそうになかった。

一希の性格上、一応確認だけでもしておかないと、家に帰ってからもなぜあの子供は泣いていたんだろうと気になってしまうに違いなかった。ほんのちょっと寄り道することで、無駄な後悔を増やさずに済むなら、それにこしたことはない。

一希は自転車を停めると、ヘルメットを脱ぐ間も惜しんで公園内へ向かった。

遊歩道の両脇《りょうわき》はクヌギやコナラなどの雑木林になっていて、晩夏の眩《まぶ》しい日差しを遮《さえぎ》っている。一気に暗くなった視界に慌ててサングラスを外しながら、泣き声を頼りに走って子供の姿を捜す。

(いた！　あの子だ)

まるでこの世の終わりでも来たかのような勢いで大泣きしている、五～六歳ぐらいの女の子を見つけて足を止めた。

そのすぐ側には母親らしき人の姿もあって、とりあえずほっとした。

(よかった。だだをこねてるだけか)

女の子が泣きながら指を差している先には、うっかり紐《ひも》から手を離して逃がしてしまったのか、木の枝に引っかかった風船が見えた。

そのまま空に飛んでいったのなら諦めもつくのに、中途半端に木に引っかかったせいで、この場から離れることができなくなってしまったのだろう。

(あの風船じゃ無理もないかな)

風船はうさぎの形をしていて、耳の部分には可愛《かわい》く細いリボンまで結んである。

数日後にはみすぼらしく萎《しぼ》んでしまうのだとしても、今のあの子にとってはきっと大切な宝物なんだろう。

（僕ならギリギリ届くかもしれない）

そう考えた一希は、無言で親子に近づくと、軽く助走をつけてジャンプした。

思いっきり伸ばした指先が運良く紐に届き、着地と同時に女の子の歓声が聞こえる。

「やったぁ。うさちゃん帰ってきた!!」

「はい、どうぞ。もう逃がしちゃ駄目だよ」

紐を差し出すと、涙で濡《ぬ》れたままの顔で女の子は嬉《うれ》しそうに微笑《ほほえ》み、両手でしっかり紐を握りしめた。

「うん！」

「あーちゃん、よかったね。お兄ちゃんにお礼は？」

「ありがとう、おにい……ちゃん？　おねえちゃん？　どっち？」

風船から一希の顔に視線を移動させた女の子が、唐突にきょとんとした顔になる。

「ちょ、あーちゃん、なに言ってるの」

ごめんなさいと慌てて謝る母親もまた、女の子から一希の顔へと視線を向けた途端、あら？と驚いたようにぽかんと口を開ける。

「あ、じゃあ、僕はこれで」

いたたまれなくなってしまった一希は、まるで逃げるようにその場から立ち去った。

——まるで天使みたい。

物心ついた頃《ころ》から、周囲の人達からそう言われ続けてきた。

生来色素が薄い質《たち》で、ふわっと柔らかな髪は天然の茶髪だし、淡い色の目は光を弾《はじ》いて金茶に光る不思議な色合いを帯びている。

アーモンド形の綺麗《きれい》な二重の目に、すうっと通った鼻筋、そしてふっくらとした小さめの唇、その顔の造作は完璧で非の打ち所がない。

作り物じみた繊細な外見とは裏腹に、一希は滅多に風邪すら引かない健康体で血色もよく、色白ではあっても決して生《なま》っ白《ちろ》くはないし唇の色艶《いろつや》もいい。

子供の頃から、可愛いと言われるより綺麗だと言われることのほうが多かったが、女の子に間違えられるようなことはあまりなかった。

というか、造作が整いすぎているせいで、まるで本物の天使のように、男の子か女の子かわからない性別不詳の子供だったのだ。

もうじき二十歳《はたち》になろうという今では、太らない質だから痩《や》せてはいるものの、女の子に間違えられない程度には骨格もしっかりしてきたし、手や足だってちゃんと男子サイズだから性別で悩まれることはほとんどなくなった。

とはいえ、それなりに大人びたものの、その顔立ちは基本的には子供の頃と同じで性別不詳のまま。

むしろ、成長して無駄な甘さがそぎ落とされた分、今の一希は凄《すご》みを感じさせるほどの美形になってしまっている。

（もうちょっと崩れると思ってたんだけどな）

天使みたいに愛らしかった子役の男の子が、大人になることでその愛らしさをなくしてただの地味なおじさんになっていくのを見て、自分もこんな風になるのかなと思っていたが今のところその気配はない。

綺麗すぎて困るだなどと口にすれば、嫌味に取られかねないってことぐらいわかっている。

だが正直なところ、一希はこの特殊すぎる容姿を少々持て余していた。

公共の交通機関を使えばどうしても注目の的になってしまうし、スカウトや逆ナンで困惑させられたり、変な人にしつこくつきまとわれることもある。

人からじろじろ見られることを気にしないでいられるほど図太くはないし、声をかけてきた相手をやんわり拒絶して、その相手から傷ついた顔をされてしまったりすると、一希の性格上、酷く後味の悪い気分を何日も引きずってしまうことにもなる。

それが嫌だから、新たな通学手段に自転車を選択したのだ。

自転車ならば、人から顔をじろじろ見られる機会は少ないし、埃除《ほこりよ》けのためのサングラスでその美貌《びぼう》を三割方隠すこともできるから……。

(さっきの……子供相手にちょっと態度悪かったかも)

コンプレックスを刺激されたからと言って、逃げるように立ち去るべきではなかった。

お兄ちゃんなんだよと答えてあげて、ばいばいと手を振ってくればよかった。

自分のせいで誰かが嫌な思いをするのがなにより嫌いな一希は、子供相手に大人げない態度を取ってしまった自分を少し悔やんだ。

(それにしても、あの子の泣きっぷりは凄かったな)

風船を指差し、ぼろぼろと涙を零《こぼ》して大声で泣いていた子供の姿を思い返して、再び自転車を漕《こ》ぎ出した一希の口元には自然に笑みが浮かんだ。

周囲の目を気にするあまり、人前で素直な感情を表に出すのが苦手になってしまった今の一希にとって、あの清々《すがすが》しい程の泣きっぷりはちょっと羨《うらや》ましくさえある。

(僕は、あんな風にだだをこねたことってなかったっけ)

物わかりがいい子供だったわけじゃない。

ただ単に、あれが欲しいとひと言言いさえすれば、母がなんでも手に入れてきてくれたので、だだをこねる必要がなかっただけ。

だから、むしろ我《わ》が儘《まま》なほうだったはずだ。

一希の母は、そうやって欲しいものを与えてさえいれば、一希が幸せでいられると思っていたようだ。

そのせいもあって、彼女は自らの死期を悟ったとき、自分がなにも与えてあげられなくなる代わりに、欲しいものがなんでも手に入れられる立場を息子に与えていった。

黙々と自転車を漕ぎ続け、やがて目的地である自宅に帰りついた一希は、純和風の重厚な門の前で自転車を停めた。

(これでも別宅なんだもんな)

都内にある下見板張りの塀が取り囲む屋敷の敷地は、軽く五〇〇坪を超えている。

純和風の門構えとは裏腹に屋敷は洋館風で、昭和初期に贅《ぜい》を凝らされて建設されたものだ。文化財登録を勧められたこともあったようだが、住みやすいように大幅なリフォームをする予定だったために断ったのだとか。母と共に最初に訪れた京都の本宅は、ここよりもっとずっと広くて、歴史を感じさせる贅沢な造りのお屋敷だった。

『今日からこのお屋敷が一希のお家なの。どんな我が儘だって言いたい放題よ』

母はそう言って得意そうに笑ったが、一希は罪悪感と不安とに押しつぶされそうだった。

あれから十年、今も同じ感情は胸に残ったまま……。

(母さん、僕、幸せじゃないよ)

だからといって不幸なわけでもない。

ただ罪悪感と不安が先に立ってしまって、素直に幸せだと思うことができなくなってしまっているだけ……。

（自業自得なんだけど……）

門を見上げたまま、一希は深い溜《た》め息《いき》をついた。

★

物心ついたときには母とふたり暮らしだった。

母、香里《かおり》は、未婚のまま十代で一希を産んだと聞いている。

それは母にとっては人生最高のロマンスで、若くして亡くなったという一希の父は、彼女にとって最愛の人だったのだと……。

母は恋多き女性だったから、ふたりの住む部屋に、何人かの男が同居したこともある。

それでも母にとっては、最愛の人の面影を宿した息子の一希が一番だったから、一希を邪険に扱うような男を恋人に選んだりはしなかった。どちらかというと子供好きな男達ばかりで、この一時的な同居人達は幼い一希のいい遊び相手になってくれていた。

今になって思い返すに、一希にとってそれは一番幸せな時期だったと思う。

一希を溺愛《できあい》していた母は、まるで王子様でもあるかのように一希をめろめろに甘やかし、一希が欲しがるものはなんでも手に入れてくれた。

目につくままに買い与えてもらった玩具《おもちゃ》やゲームの中には、一度も封を開けられないままのものもあったぐらいだ。

「かず君はどんな服でも似合っちゃうから、お洒落《しゃれ》のさせ甲斐《がい》があって嬉しい」

無邪気で少女じみたところのあった母は、一希を着飾らせることに夢中で、子供の普段着にするには高価すぎるブランド物の服や靴を見境なく買い与えてくれた。

親子して計画性なんてないまま欲しいものを買いまくるような生活をしていたから、生活費が足りなくなったこともある。そんなときでも母は、「なんとかなるから大丈夫」と、あっけらかんと笑っているような人だった。

いつも朗らかだった彼女が、唯一怒りの表情を浮かべるのは一希が苛《いじ》められたときだ。

大人達からは天使みたいだとちやほやされていた一希だが、同年代の子供達からの反応はそれとは違っていた。

親世代が一希を特別扱いすればするほど、逆に子供達からは反感を買うし、飛び抜けたその顔の造作は、異質な存在として一希を集団から浮き上がらせてしまう。

そのせいもあって、公園で友達を作ることも幼稚園に通うこともせず、子供達の輪に溶け込む術を知らないままで一希は小学生になった。

同じ年頃の子供達がいっぱいいる教室は、ごちゃごちゃとしてやかましい場所だった。

ずっとべったり一緒にいた母は一希の言うことならなんでも聞いてくれたのに、クラスメイト達は一希の言葉をまったく聞いちゃくれない。

長時間じっと座っているのはとんでもなく苦痛だったし、授業は退屈で仕方なかった。

だから、もういいやと席を立とうとすると、学校の先生達はみんなと同じ行動をとらなきゃ駄目だと言って一希を叱《しか》る。

そうこうしているうちにクラスでも浮いた存在になってしまい、自然に苛めの対象にもなってしまっていた。

そうなると、一希を溺愛していた母が黙っているわけがない。

一希が泣いて帰って来るたびに、怒った母は学校や親達に苦情を言い立てた。

ときには自宅や学校にまで押しかけて行って、いじめっ子本人にまで激しい怒りを向けることすらあったぐらいだ。

子供相手だろうと怒りのまま感情的に振る舞う母は、当然ながら周囲から煙たがられるようになる。

それに比例するように、一希はさらに子供達の輪から弾かれ、やがて楽しいとは思えない学校に行く必要をまったく感じなくなってしまった。

（あの頃は甘ったれだったから……）

わざわざ嫌な思いをしてまで学校に通う気にはなれなかった。

それに、自分のためとはいえ怒っている母の怖い顔を見るのは嫌だったし、自分が苛められる以上に、怒りを露《あら》わにする母が周囲の人達から煙たがられるのを見るのが辛《つら》かった。

自分が学校にさえ行かなければ、母が怒ることもない。

以前のように、気楽でただ楽しいだけの生活に戻れるはずと一希は考えたのだが、困ったことに肝心の母がこれを喜ばなかった。他のことに関しては甘やかし放題だというのに、どうしたわけか教育に関してだけはやたらと熱心で、学校にはちゃんと通わないと駄目だと言う。

だが、甘やかされて育った一希には困難に立ち向かう強さはなく、なにを言われても学校には通えないまま。困り果てた母は、環境が変わればマシになるかもしれないと、引っ越して転校までさせてくれたが、結果は一緒だった。

母は真剣に思い悩むようになり、そんな彼女の暗い顔は一希を不安な気持ちにさせた。

以前のように母に明るく笑っていて欲しかったが、だからといって学校には行きたくない。

どうしたらいいのかわからなくなった一希は、当時一緒に暮らしていた母の恋人、相馬《そうま》に聞いてみたりもした。

「そりゃあ、やっぱりおまえが学校に行くのが一番だろう」

「でも、授業なんて退屈なだけだし、学校に行くとまた苛められるよ。そしたら、きっとまたママは怒るんだ。……それで、みんなにママがまたすっごく嫌われちゃうんだ」

そんなの嫌だなぁと呟《つぶや》く一希の頭を、相馬はくしゃくしゃと撫《な》でた。

「なあ、一希。自分が苛められるのと、香里がみんなに嫌われるのと、どっちが嫌だ？」

「僕……ママがみんなに嫌われるほうが嫌」

「それなら、おまえが我慢するしかないな」

「我慢？」

「そう、我慢だ。香里に怒るなってのは無理な話だ。なにしろ、あいつにとっておまえは、自分の命より大事な王子様なんだからな。だから、おまえが我慢するのが一番いい。苛められても泣かずに、じっと我慢だ。授業が退屈でも、やっぱり我慢するしかないな」

できるか？　と聞かれて、自信がなかった一希は俯《うつむ》いてしまった。

「絶対に泣くなって言ってるんじゃない。香里の前でだけ泣かないようにすればいいんだよ。それでな、苛められたことは、学校の先生にちゃんと報告するんだ。直接先生に言っても駄目だったら、俺《おれ》に言えばいい。俺から学校側に話をつけてやるよ」

「相馬さんはみんなに怒ったりしない？」

「ああ。怒らない」

それならできるか？　と聞かれて、一希はためらいながらも頷いた。

退屈な授業を我慢することならなんとかできるかもしれないが、苛められて泣かずにいられる自信はない。

それでも、少なくとも母の前でだけ泣かないよう我慢することぐらいならできそうだったから……。

そして一希は、もう一度頑張って学校に通いはじめる。

再開した学校生活は、登校拒否になった後だけに学校側がそれなりに対策をとってくれていて、拍子抜けするほど楽だった。

とはいえ、直接苛められなくなっただけで、みんなの仲間に入れてもらえたわけじゃない。むしろ腫《は》れ物《もの》扱いで遠巻きにされたのだが、最初から友達を作る気がなかったので、それでなんら問題はない。

とりあえず学校に通って、我慢して授業を受けてちゃんと勉強さえしていれば母は喜んでくれるのだから……。

そうやってぽつんとひとりで学校生活をすごし、少し離れたところからクラスメイト達の姿を眺め、その話を聞くともなく耳に入れているうちに、やがて一希は自分の感覚が少しみんなとずれていることに気づきはじめる。

(僕って、ちょっと変なのかな?)

どうやら他のみんなは、一希のように欲しいと思ったものをすぐ買い与えてもらえるわけじゃないらしい。

欲しい玩具やゲームを親が買ってくれないと文句を言う子はけっこういたし、勉強を頑張る代わりにご褒美として買ってもらうことにしたとか、誕生日やクリスマスのプレゼントにしてもらうことにしたとか言っている子もいた。

なんの努力も我慢もせずに欲しいものをなんでも手に入れられる自分は、ここではかなり特異な存在らしい。

(今まで我慢しなきゃいけないことなんてなかったし……)

今でこそ、授業中は退屈でも我慢できるようになったし、母の前でだけは泣かないよう我慢することも覚えたが、それ以前の一希は、なにごとにであれ我慢するということを知らなかったし周囲に合わせることもしなかった。

欲しいものは欲しい、嫌なものは嫌。

誰にも、なににも気を遣うことなく、自分の感情のままに振る舞うことしかしなかった。

(こういうのって、普通だったら我が儘って言われるのかな?)

クラスメイト達の話を聞く限りでは、どうやらそうみたいだ。

そんな風だから、小学校での集団生活にもすんなり馴染《なじ》めず、普通の子供達の輪の中に溶け込むことができずにいるのかもしれない。

それに、一希が苛めと受け取った行為は、少し乱暴な男の子達にとっては、日常的に行われているちょっとしたコミュニケーションの一種だったようだ。

ランドセルを引っ張られたり傘で突《つつ》いたりされても、他の男の子達は泣いたりせず、むしろ嬉々《きき》として同じことをやり返しているように見受けられるから……。

(これも、僕が弱虫なのがいけなかったんだ)

泣かずに同じようにやり返すことができていたら、友達になれていたのだろうか。

自分が学校に行けなくなったのは、ずっといじめっ子のせいだと思っていた。

でも、もしかしたら違ったのかもしれない。

(僕のせいだった?)

自分が我が儘で弱虫だったから、みんなと同じようにうまくやれなかっただけ。

そのせいで、母を困らせてしまっていたのかもしれない。

(……きっとそうだ。ぜんぶ僕が悪かったんだ)

となると、母がみんなに嫌われるようになったのも、やはり自分のせいだ。

弱虫な自分を守るために、母は怒ってくれていたのだから……。

――間違っていたのは自分、悪いのもぜんぶ自分。

まだ幼かった一希は、すべてのことをそんな風に結論づけた。

実際のところ、一希ひとりが悪かったわけではなく、一希をそういう風に育てた母も同罪であり、自分達の少し変わった親子関係にこそ問題があったのだろう。

そんな風に考えられるようになったのは、それなりに成長してからで、当時の、まだ子供で母に依存しきっていた一希には無理な話だった。

そして一希は、我が儘で弱虫な自分をなんとかしようと努力するようになった。

まずはじめに、必要以上にビクビクするのを止《や》めて、周囲でなにが起きているのか、落ち着いてしっかり見るようにしてみた。

それができるようになると、クラスメイト達のちょっと乱暴な言動に過剰に反応して、泣きべそをかくことが少なくなった。相変わらず周囲には馴染めないままだったが、それでも俯くことなく学校生活を送れるようになってくる。

そんな一希の変化を担任から報告された母は、ちょっと大人になったねと本当に嬉しそうな顔で笑ってくれた。

（よかった）

そんな母を見て、自分の考えは間違ってなかったのだと一希は心からほっとしたものだ。

それからしばらくは穏やかな日々が続いたが、一希が小学四年生になると変化が訪れた。

突然、一週間後に京都へ引っ越すと母が宣言したのだ。

「どうしてわざわざ京都に引っ越さなきゃいけないの？」

「かず君のお父さんが待ってるからよ」

「パパは死んでお星様になったって言ってたよね？」

「そうね。でも、お父さんは生きてるのよ」

「死んでるのに、生きてるの？」

「そうよ。パパは死んじゃったけど、お父さんは生きてるの」

わけがわからない。

一希は混乱したが、なにごとにつけても大雑把《おおざっぱ》だった母はそれ以上の説明をしないまま、慌ただしく引っ越しの準備に取りかかりはじめた。

そして一週間後、歴史を感じさせる立派なお屋敷の門の前で一希を出迎えてくれたのは、嘉嶋統悟《とうご》という四十歳ぐらいの男の人だった。

「一希、よく来たね。待ってたよ」

苦労知らずのおぼっちゃんがそのまま大人になったかのようにおっとりした統悟の顔は、品良く整ってはいたが一希と似たところはまったくない。

(やっぱり、この人は僕のパパじゃない)

ひとめ見て、一希はそう確信した。

物心ついたときから、自分の顔は父によく似ていると母から言われていたからだ。

「うん、いい顔色だ。頬《ほお》もふっくらして健康そうだね」

統悟は、一希の顔を見つめて嬉しそうに微笑む。

「でしょう? この子、私と違って風邪だって滅多にひかないんだから」

「君は少し顔色が悪いみたいだ」

「そう? 念入りにお化粧してきたんだけど……。——ほら、かず君。お父さんにちゃんと挨拶《あいさつ》して」

ぼんやり統悟の顔を見つめていた一希は、珍しく母から注意されて、慌てて頭を下げた。

「こんにちは。あの……はじめまして」

「はじめてじゃないんだよ。以前、何度か会ったこともあるんだが……」

少し寂しそうに微笑む統悟の腕に母が親しげに触れる。

「無茶言わないで。あの頃はまだ赤ちゃんだったの。覚えてるわけないでしょ。——それより、送った荷物は？」

「君の希望通り、離れのほうに入れておいたよ。荷解《にほど》きも済ませてあるはずだから、今日からすぐに暮らせるはずだ」

「そう、ありがとう」

「どういたしまして……。——できれば、母屋のほうで暮らしてもらいたいところなんだけどね」

「あら、それは駄目よ。私は愛人なんだから、それらしくしなきゃ」

「愛人？」

悪戯《いたずら》っ子のように首を竦《すく》めて微笑む母の言葉に、一希は驚いてしまった。

「話してなかったのか……」

驚く一希を見て、統悟はちょっと困った顔をする。

「あら？　言ってなかったっけ？」

「聞いてないよ。どういうこと？」

「ごめんごめん。後でちゃんと説明するから、とりあえず中に入りましょう。――今日からこのお屋敷が一希のお家なの。どんな我が儘だって言いたい放題よ」

ね？　と、母に手を摑《つか》まれて引っ張られる。

（ここが、僕の家だって言われても……）

統悟が父親ではないことは一目瞭然《いちもくりょうぜん》だったし、本当に母が統悟の愛人だったのだとしたら、こんな風に正門から堂々とお屋敷に入っていくのは間違っているような気がする。

一希は、罪悪感と不安で胸をいっぱいにしながら、ぐいぐいと手を引っ張る母に引きずられるようにして、嘉嶋家の門をはじめてくぐったのだった。


ちゃんと説明すると母は言ってくれたが、それが実行に移されることはなかった。

嘉嶋家の当主である統悟が、愛人とその子供を本家の離れに住まわせるつもりだという情報を得た親族達が大挙して押しかけてきて、統悟と母は親族達との話し合いの席に着かなければならなくなったからだ。

さすがに子供の耳に入れていい話ではないからと、その間、一希は統悟の息子である志朗《しろう》の部屋に預けられることになった。

使用人だというおばさんに案内されて、志朗の待つ部屋に向かう。

「親父《おやじ》から話は聞いている。おまえが一希か……」

志朗は一希の顔を見るなり、怪訝《けげん》そうに眉《まゆ》をひそめた。

「親父に似ていないな」

「ご、ごめんなさい」

痛いところを指摘された一希は、ビクッとして小さくなる。

「謝るようなことじゃないだろう。母親似か？」

「いえ……あの……違います」

実の父親に瓜二《うりふた》つだと言われてきたことを言うわけにもいかず口ごもる。

「どっちにも似てないのか。俺と一緒だ」

隔世遺伝で、どうやら自分は母方の祖父に似ているらしいと志朗が言う。

（本当に全然似てない）

おっとりとした顔立ちの統悟とはまったく違い、志朗はきつい顔立ちをしていた。

彫りの深い切れ長の目に通った鼻筋、厳しく引き締められた薄い唇、全体的に鋭角で迫力もあり、近寄り難《がた》い雰囲気の美丈夫だ。

さっき案内してくれたおばさんから、志朗は高校三年生なのだと聞かされていたが、その当時ですでに彼の父親よりずっと背が高く体つきもしっかりしていて、やたらと落ち着いた物腰のせいか実年齢よりずっと上にも見えた。

「とりあえず大人達の話し合いが済むまで、おまえはこの部屋にいろ。下手に外に出て親戚《しんせき》連中に捕まったら、なにを言われるかわからないからな」

志朗の私室は、彼の趣味なのか洋風にしつらえられてあった。

アンティーク調の家具で統一されていて、純和風のお屋敷の雰囲気にもよく似合っている。

ここまで案内してくれたお屋敷の使用人に促されるまま一希がソファに座ると、志朗は、書棚から大判の本を何冊か引き抜いて、一希の脇に置いた。

「悪いが、この部屋にはおまえぐらいの年頃の子供が喜びそうなものはない。これでも眺めて時間を潰していてくれるか?」

「あ、はい。ありがとうございます」

渡された本を見ると、一希が今まで手にとったことのない美術書や写真集の類《たぐい》だったが、それでも凄く嬉しかった。

(優しい人なんだ)

自分はいきなり屋敷に押しかけてきた父親の愛人の子なのだから、意地悪されても悪し様《あざま》に罵《ののし》られてもおかしくない。それなのに、こんな風に気を遣ってくれるのだから。

ついさっき、ちょっとだけ顔を合わせた嘉嶋家の親族達は、皆、一希に対して冷たく蔑《さげす》むような目線を向けてきた。それで、自分がここの人達にとって招かれざる客なのだということを身に染みて感じた後だけに、志朗のこの不器用な気遣いがとても温かく感じられる。

すっかり嬉しくなった一希が、膝の上に本を置いて大人しくページをめくり出すと、志朗はほっとしたように自分の机に座ってなにか勉強しはじめた。

（そっか。志朗さんは受験生なんだっけ）

後から聞いたところによると、このときの志朗は受験勉強などはしておらず、ただ読書を楽しんでいただけだったらしいのだが、そんなこととは知らない一希は単純に真面目《まじめ》な人なんだなと尊敬すら覚えていた。

普通、受験生といえば、一切の面倒事を免除されて勉強だけに専念できるよう気を遣われる立場のはず。愛人の子供の面倒を見させられるなんてごめんだと怒ってもいいぐらいだ。

それなのに、こうして文句ひとつ言わず側に置いてくれている。

（この人が、本当に僕のお兄さんだったらよかったのに……）

もしそうなら、どんなにか心強いのにと一希は思う。

それから一時間ほど経《た》つと、一希をここまで案内してくれたおばさんが戻ってきて、お茶の用意をしてくれた。

「一希さま、どうぞ召し上がれ。志朗さまも一休みなさってくださいな」

おばさんが部屋から出て行った後、テーブルの上に残されたのは紅茶がふたり分と、一希の目の前にだけケーキがひとつ。

（あのおばさん、志朗さんの分を忘れたんだ）

美味《おい》しいものがひとつしかない場合、いつでもそれは一希のものだった。

今までは、それで当たり前だったから、迷わず手に取っていたのだが……。

「あの……どうぞ」

テーブルの上を滑らせて、ケーキの乗った皿を志朗に向けておずおず押し出すと、向かい側に座った志朗は一瞬不思議そうな顔をした。

そして、ほんの僅《わず》か口元をほころばせる。

「これはおまえのものだ。俺は甘いものは食べないからな。満子《みつこ》はそれを知っていて、俺の分は最初から用意しなかったんだ」

「あ、はい。ありがとうございます」

押し戻された皿を受け取りながら、はじめて見る志朗の笑みに、一希はちょっとドキドキしてくすぐったい気分になる。

「満子さんって、さっきのおばさんですか？」

「ああ。俺にとっては、母代わりの女性だ」

「母代わり？　じゃあ、志朗さんのお母さんはどうなさったんですか？」

なにげなくそう聞いてすぐ、自分の母が統悟の愛人なのだということを思い出した。

統悟の正妻である女性からすれば、自分達親子が酷く疎《うと》ましい存在に違いないってことも……。

（もしかして、僕らのせいで家を出ちゃったとか……）

もしそうならどうしようと、一希はすうっと青ざめる。

「気にするな。母は八年も前に死んでいる。それに、おまえやおまえの母親のことに関しては、すべて承知した上で黙認していたようだ」

一希の強《こわ》ばった顔を見て、志朗は言った。

「そんなに前から、ママは統悟さんの愛人だったんですか？」

「それは当然そうだろう。自分の年齢を逆算して考えてみろ」

「あ、そっか……。そうですよね」

一希は今年で十歳。

統悟が自分のことを一希の父親だと思っているのならば、十年以上前から母とつき合いがあったってことになる。

「おまえ、母親からなにも聞いてないのか？」

「はい。ここに来るまで、ママが愛人だったってことも知らなかったし……。――あの……志朗さんは、ママのこと、ずっと前から知ってたんですか？」

「ああ。おまえとおまえの母親のことは、嘉嶋家では公然の秘密だからな。元々、おまえの母親が隣家の住人だったこともあって、それ以前から親族内じゃ知られた存在だったらしい」

「え？　ママって、このお屋敷の隣りに住んでたんですか？」

「それも知らなかったのか？　本当になにも聞いてないんだな」

びっくりした一希に志朗はちょっと呆《あき》れたような顔をして、自分の知っている範囲のことを教えてくれた。

母、香里とその両親が隣家に住んでいたのは随分と昔のことらしい。

香里が中学生の頃、事業の失敗により父親が自殺。その後、母親も病に倒れ、経済的に困窮した親子を、統悟は親切心からずっと援助していたのだとか。

闘病の末に母親が亡くなった後も香里は統悟の世話になり続け、やがて一希が産まれたのだと言う。

「親父は、おまえが産まれた直後におまえのことを実子として認知している」

「……じゃあ、統悟さんは本当に僕のお父さんなんですね」

――パパは死んじゃったけど、お父さんは生きてるの。

一希は、母が言ったその言葉の意味がやっとわかったような気がした。

血縁上の父親は死んでしまったが、戸籍上の父親は生きている。

つまりは、そういうことなのだ。

（ママは、統悟さんを騙《だま》してるのか……）

自分達親子の生活費がいったいどこから出ているのかずっと不思議だったが、その出所《でどころ》は統悟だったんだろう。

その金で生活しておきながら、母は何人もの恋人を作り、あまつさえ一緒に暮らしたりもした。

(そんなのって、あんまりだ)

統悟の奥さんがまだ生きている頃から愛人をしていたことだっていけないと思うのに、愛人としてお金を貰《もら》いながら、他に恋人を作るだなんて到底許し難い裏切りだ。

それは、とても悪いことだと思う。

思うけれど、一希には母を責めることはできなかった。

事情を知らなかったとはいえ、自分だって統悟のくれたお金で贅沢をして暮らしてきたのだから……。

(僕だって共犯だ)

統悟が自分達親子のために使ってきたお金が、いったいどれだけの金額になるのか。

返す術《すべ》を持たない身だけに、それを考えただけで酷《ひど》く怖い。

その事実がもしもばれたりしたら、自分達親子は罪に問われるのだろうか？

そもそも、統悟の援助なしで自分達親子は生きていけるんだろうか？

そして、どうやってお金を返していったらいいのだろう？

答えのわからない疑問が次から次へと胸の中に湧《わ》いて出てきて、自分ではどうしようもないこの状況に、一希の小さな胸は不安で押しつぶされそうになった。

急になにもかもが怖く感じられてきて、膝《ひざ》の上で震える小さな手をぎゅっと握りしめる。

「自分の出生にショックを受ける気持ちはわかるが、そう怯《おび》えるな」

小さくなって震える一希を見て、志朗が言った。

「どうして急におまえの母親がこの家に乗り込んできたのか。そこら辺の事情は俺にはわからないし、興味もない。おまえのことは弟だからといって甘やかしたりはしないが、愛人の子だからといって差別したりもしないから安心しろ。——それに、親父が我が子だと認めている以上、おまえにはこの家で暮らす権利がある。誰になにを言われても、堂々としていればいいんだ」

「……はい」

(志朗さんって、やっぱり優しい人だ)

今まで一希が知っていたのは、よしよしと頭を撫でるような優しさばかりだった。

でも、いま志朗が自分に向けてくれている優しさは、それとはちょっと違う。

しゃっきりしろと背中を叩《たた》いて、自力で顔を上げて前を向けと励ましてくれる優しさだ。

とはいえ、前を向いたところで、一希には明るい未来は見えない。

そもそも一希の人生そのものが、生まれたときから嘘《うそ》の上に成り立っているのだから……。

(ママの嘘つき)

そして、一希もまた嘘つきだ。

今ここで、志朗に本当のことを告げる勇気がないのだから……。

（でも、まだ僕が本当に統悟さんの子供だって可能性が残ってるし……）

それを確かめるまでは黙っていよう。

一希は僅かな希望にしがみついた。


大人達の話し合いはかなり長引いて、一希はそのまま志朗の元で一緒に夕食を取った。

色々あって疲れていた一希がうとうとしはじめた頃、そろそろ離れに行きましょうねと満子が迎えに来てくれた。

「あの、ママは？」

「先に離れにお戻りですよ。――ですが、話し合いで少しお疲れになったようで、熱を出されてもうおやすみになっています」

「熱を……」

一希が顔色を曇らせると、「大丈夫ですよ」と満子が微笑みかけてくれた。

「嘉嶋家かかりつけのお医者様に来ていただいて診《み》てもらいましたから……。以前の風邪が治りきっていないそうですね」

「はい。最近、夜になるとずっと咳《せき》してるんです。ちゃんと風邪が治るまで、引っ越しするのは止めようよって言ったんですけど、聞いてくれなくて……」

「色々事情がおありだったんでしょう。――お母様を起こさないようにしてあげましょうね」

「はい」

連れて行かれたのは、母屋と渡り廊下で繋《つな》がった平屋の小さな離れだった。

離れとはいえ、お客様の宿泊用だとかで、母屋と同じように歴史を感じさせる贅を凝らされた造りの日本家屋で、ずっと近代的なマンション暮らしだった一希には落ち着かない場所だった。

満子に促されるまま離れのお風呂場でお湯をいただき、ふかふかの布団に潜り込む。

「お母様は隣りのお部屋で寝ていますからね。安心しておやすみなさいませ」

馴《な》れない布団にしばらくもぞもぞしていた一希が落ち着くのを待って、満子は部屋の灯《あか》りを消して母屋に戻っていった。

ひとりになった一希は、当然のように眠れない。

(今まで、ひとりでなんて寝たことなかったし……)

一応ひとり部屋だったが、いつもドアは開け放ったまま、まだ起きている母の気配や、テレビの音を聞きながら眠るのが常だった。

母屋のほうにはまだ人がたくさんいたようだが、耳をすませてみても広いお屋敷だけに話し声は聞こえてはこない。

むしろ広い庭を流れる小川のせせらぎがやけに耳についてしまって、余計に眠れなくなってしまった。

(ちょっとだけ……)

一希は、布団から抜け出すと廊下に出て、隣りの部屋の襖《ふすま》をそっと開けた。常夜灯の小さな灯りの下《もと》、広い部屋に敷かれた布団の中で母が眠っている。

(お薬が効いてるのかな)

ここ最近悩まされていた咳が出ることなく、母は静かな寝息を立てている。

そうっと足音を忍ばせて歩み寄り、枕元に座った。

(ママ、ちょっと瘦せたみたい)

毎日見ていたから気づかずにいたが、薄暗がりの中で見る母の顔は、少し頰《ほお》が瘦《こ》けているように感じられる。

じっと見つめていると、眠っているとばかり思っていた母がふと目を開いた。

「……かず君?」

「ごめん、起こしちゃった?」

「大丈夫よ。今晩中にかず君とお話しなきゃいけないと思ってたし……」

「今日はもういいよ。熱があるんでしょう? 寝てなよ」

起き上がろうとする母を一希は慌てて止《と》めた。

「話なら、さっき少し志朗さんから聞いてきたし……」

「志朗さん、かず君に優しくしてくれた？」

「うん。僕に本を貸してくれたよ。夕ご飯も一緒に食べたんだ」

「そう。よかった。志朗さんが、かず君の味方になってくれるんなら一安心ね」

ふふっと母は少女のように笑って、手を伸ばして一希の頬を撫でた。

「綺麗な顔……。パパにそっくり」

「……僕、統悟さんには似てないよ？」

「当然でしょ。統悟はパパじゃなくて、お父さんなんだから」

あっけらかんと母が言う。

（やっぱり、そういう風に区別してるんだ）

今までの自分の人生は、どうやら嘘の上に成り立っていたようだ。

一希はなんとも言えない嫌な気持ちになったが、体調を崩している今の母に文句を言う気にはなれなかった。

そっと手を伸ばして母の額に触れてみたが、やはりまだ熱がある。

「額を冷やすもの、なにか借りてこようか？」

「平気よ。これぐらい。……ああ、でも、かず君の手の平ひんやりしてて気持ちいい」

しばらく触っててと言われるまま、一希は母の額に手を当て続けた。

（……大丈夫なのかな）

一希の手の平が取り立てて冷たいわけじゃなく、母の額が熱いだけ。

なんだか急に不安になって、一希は小さく身震いする。

（ママの熱が下がったら、ちゃんとお話しなきゃ……）

母はいつだって、一希のことを一番に考えてくれていた。

だからきっとこの嘘も、自分を育てていくために仕方なくついた嘘なんだろう。

それでも、やはり嘘は駄目だと思う。

（僕のせいで、ママが悪者になるのはもう嫌だ）

だから、もう嘘は止《や》めようと母を説得して、本当のことを統悟に打ち明けてもらわなきゃならない。

（きっと、統悟さん怒るだろうな）

その結果、自分達親子がどんな事態に陥るのか、想像することさえ怖かった。

でも、母とふたりならばなんとか頑張れるような気がする。

そのためにも、まずは母に元気になってもらわなければ……。

母の額に当てた右の手の平が温まったら、次は左の手の平を。

その夜、左右の手を交互に入れ替えながら、一希は母の寝顔をずっと見つめ続けていた。

翌日、一希は京都の小学校に転校した。

朝になっても母の熱は下がらず、学校には母の代わりに満子が付き添ってくれた。

新しい学校での生活は、やたらと綺麗な顔をした東京からの転校生ということで微妙に遠巻きにされたお蔭《かげ》で、以前の学校とほぼ同じスタンスですごすことができてかなり楽だった。

そして学校から帰ると、屋敷に母の姿はなかった。

出迎えてくれた統悟から、急に入院したのだと聞かされて慌てて病院に向かう。

「大丈夫よ。少し疲れただけだから……」

個室のベッドに横たわったまま、母はそう言って微笑んだが嘘だった。

その翌日には、特別な治療を受けるために無菌室にいるとかで、面会に行くことさえできなくなったから……。

そして一希は、離れから母屋へと移動させられた。

最初、統悟が自分の側に一希を置くと言っていたのだが、それには志朗が反対した。

「親父の近くにいたんじゃ落ち着かないだろう。こいつの面倒は俺が見る」

そう言って、半ば強引に一希の部屋を自分の部屋の近くに決めさせてしまったのだ。

もしも統悟の意見を通していたら、彼の元をひっきりなしに訪ねてくる親族や仕事上の関係者達とも顔を合わせることになり、一希は冷ややかな態度をとられたり好奇の目に晒されることになっていただろう。

受験生である志朗は、そんな父親の元を訪れる客達にわずらわされるのを嫌って、屋敷の広さを活かし居住《い》スペースを父親とは完全に分けて暮らしていた。

だから、この志朗の判断は、一希にとってとてもありがたいものだった。

後になって志朗の性格を知るにつれ、あれは気を利かせた満子が入れ知恵した結果なのだろうとわかるようになったが、それでも感謝の気持ちは消えなかった。

（志朗さんの側《そば》は、なんだか凄く楽だ）

最初に会った日の宣言通り、志朗は一希を甘やかしもしないし邪険にもしない。

母が側にいない寂しさを思いやってくれたのか、うるさくさえしなければ勝手に私室に出入りしてもいいとも言ってくれた。

お言葉に甘えさせてもらった一希が、志朗の部屋の隅で大人しく宿題をしていると、たまに近寄ってきて勉強を見てくれたりもする。

志朗の態度はいつも自然体だったから、一希も自分の存在が迷惑になっているんじゃないかと気に病まずに済む。

その適度な距離感が一希にはとても心地いい。

それに、冷ややかな視線を向けてくる他の使用人達とは違って、志朗づきの使用人である満子は一希にとても優しくしてくれる。

なにくれとなく身の回りの世話をしてくれたし、母の不在で不安な気持ちを紛らわすための話し相手にもなってくれた。

「面会が許可されたら、一緒にお母様のお見舞いに行きましょうね」

そんな風に言われて、一希は頷《うなず》く。

優しくしてもらうたび、この家の子だと嘘をついている罪悪感で胸は痛んだけれど、この状況で本当のことを言う勇気はなかった。

今この家を追い出されたら行く所なんてないし、そもそも母の入院代すら払えない。

母の病気を治すためにも、今は口を噤《つぐ》むしかない。

(ママが元気になったら、一緒にいっぱい謝ろう)

そしてどんなに長く時間がかかっても、こうして優しくしてもらった恩を、なんとしてでもふたりで返していこう。

嘉嶋家で生活しながら、一希はそう心に誓った。

母が元気になりさえすれば、この間違いを正すことができるはずだとそう信じて。

それなのに……。

「一希さま、起きてください」

深夜、突然、満子から揺り起こされた。

半《なか》ば寝ぼけたまま服に着替えて、手を引かれてふらふらと表門まで行くと、運転手つきの車が停まっていた。

その助手席に志朗の姿を見つけて、一気に目が覚める。

（なにか……あったんだ）

なにがあったのか知るのが怖くて一希は尻込《しりご》みしたが、急いでくださいと急《せ》かす満子に背中を押されて車に乗せられた。

車の行き先は病院だった。

深夜ゆえに静かで薄暗い病院内を志朗や満子と共に歩き、先に来ていた統悟から招き入れられた部屋に入ると、そこには母がいた。

「すまない。あまりにも急なことで呼ぶのが間に合わなかった」

病院のベッドに横たわる母の脇に立つ統悟が、悲しそうな顔で言う。

「……え？　間に合わなかったって……」

どういう意味だろうとぼんやり考えながら、一希は眠っているようにしか見えない母にゆっくりと歩み寄って行った。

最後に会ったとき、腕につけられていた点滴は外されている。

目は閉じたままピクリとも動かず、すっかり痩せた母の顔は普段より少し白く見えた。

「ママ？」

熱があるのだろうかと、そっと額に手を当ててみる。

だが、予想に反してあの夜のような熱さはない。

それどころか、一希の手の平より体温が少し低いようにも感じられる。

不安になった一希は、振り返って統悟を見た。

「香里はついさっき息を引き取ったところだ」

母は急性の白血病にかかっていたのだと統悟は言った。

自分の病を知った母は、自分の治療より、治療中の一希のことを心配したらしい。

だからこそ、急に統悟がいる京都への引っ越しを宣言したのだ。

もちろん、引っ越しと同時に転院の手続きも統悟が済ませており、引っ越し後すぐに治療に取りかかる予定だったのだが、その前に感染症にかかってしまったのだと……。

「一希を置いてはいけないと頑張っていたんだが……」

残念だと、統悟は悲しそうに言う。

(……息を引き取った?)

言葉の意味はわかっても、実感としてそのことが伝わってこない。

「嘘だよ。……だって、ママ、温かいよ」

一希は、母に視線を戻して、もう一度その手の平で母の頬に触れた。

触った瞬間、ちょっとひんやりしたような気がしたけど、そのままぎゅっと手の平を押しつけたら、ほんのりとした温もりが伝わってくる。

「ほら、温かいよ……。――ねえ、ママ。起きて……起きてよ」

ゆさゆさと揺さぶってみたが、母はピクリとも動かない。

今までなら、いつでも一希が声をかけさえすれば、すぐに目を覚ましてくれたのに……。

(こんなの……嘘だよ)

いつだって、ふたり一緒に生きてきた。

誰よりも自分を大切にして、溺愛している母。

その母が、自分を残してこんなに早く逝《い》くなんてこと、あるわけがない。

そんな酷いことをするわけがないのだ。

「ねえ、ママ……ママってば、起きて……」

母の病気が治ったら、すべての嘘を打ち明けて、ふたりで償《つぐな》っていくつもりだった。

そう、ふたりでだ。

ひとりでなんて、到底無理だ。

でも、どんなに揺さぶっても母は起きてくれない。

母の死が現実味を帯びて、ひたひたと一希に迫ってくる。

(こんな、こんな恐ろしい嘘の中に……僕をひとりで置いていくなんて……)

自分は今、最愛の母を失おうとしている。

その悲しみが胸に満ちていくのと同時に、いてもたってもいられないほどの不安と恐怖も胸の中に満ちていく。

今の自分の置かれているこの状況が、もの凄く怖い。

ずっと守ってくれていた母を失って、恐ろしい嘘の中にひとり取り残されて、この先どうしていいのか本当にわからない。

「起きてよ……。こんなの嫌だ！　ねえ、嫌だ。ママ、起きてよぅ」

一希は、母を揺さぶりながら泣きじゃくった。

悲しいのと怖いのが、胸の中で混ざり合う。

じわじわと悲しく恐ろしい現実を実感していくにつれ、一希の泣き声も大きくなっていく。

はじめのうち、もらい泣きしていた大人達も、そのあまりにも悲壮な泣き声にどう宥《なだ》めたらいいものかと困惑しはじめていた。

そんな中、ほとんど表情を変えずに静かに佇《たたず》んでいた志朗が動いた。

「一希、そんなにお母さんを揺するんじゃない」

泣きじゃくりながら母を揺さぶり続けている一希に歩み寄ると、無理矢理母から引きはがし、片膝をついて宥めるように一希の身体《からだ》をぎゅうっと抱き締めてくれたのだ。

「どんなに呼んでも、おまえの母親はもう目覚めないんだ」

志朗は、まるで言いきかせるようにゆっくりと一希の耳元で告げた。

「だから、もう静かに眠らせてやれ」

そのとても落ち着いた声は、悲しみと恐怖にひどく混乱していた一希の心に、染み入るように伝わった。

「……っ……は、はい」

一希は泣きじゃくりながら小さく頷き、志朗の肩に顔を押しつけた。

「よし。いい子だ。おまえにはまだ親父や俺がいる。ひとりになるわけじゃないからな」

安心しろと言われて、一希はまた頷く。

(志朗さんがいてくれるんなら……)

抱き締めてくれる、力強い腕の温かさにとてもほっとした。

――志朗さんが、かず君の味方になってくれるんなら一安心ね。

一緒にすごした最後の夜の母の声が耳元に甦《よみがえ》る。

と、同時に、自分が、母のついた嘘の中に取り残されたことを思い出してぞっとした。

(もしも今、ママの嘘がばれたら、僕はどうなるんだろう?)

志朗がこうして優しくしてくれるのは、自分のことを弟だと思っているからだ。

実は赤の他人で、嘘で実子だと認知させた上にたくさんのお金をだまし取っていたのだと知ったら、きっとこんな風に抱き締めてはくれないだろう。

(……嫌だ)

この温かな腕をなくしたくなかった。

母を亡くした今、一希が頼ることができるのは、母が嘘で繋いでくれた嘉嶋家の人々との絆《きずな》だけ。

(僕……僕は……)

嘘をつくのは悪いことだ。

それはわかっている。

それでも、今の一希には本当のことを言う勇気がない。

母のついた嘘の中で生きていく以外に、自分が生きていく道を見出せない。

それ以外に、安心できる場所を見つけられない。

だから一希は、自分の意志で母の嘘を引き継ぐ決意をした。

そして、なおも抱き締め続けてくれている志朗に、自分からぎゅっとしがみつく。

(ごめんなさい。……本当にごめんなさい)

ぎゅっと目を閉じ、温かな腕に抱き締められたまま心の中で何度も謝り続けた。

いけないことをしているのだという罪悪感と、いつかこの嘘がばれる日がくるかもしれないという不安に苛《さいな》まれながら……。


立場が立場だけに、母の葬儀は内々で行われた。

一希は正式に統悟の子供として生きることになり、その姓も母の姓である野口《のぐち》から嘉嶋へと変更された。

そして、統悟に望まれるまま、その日から統悟のことを「お父さん」と呼ぶようになる。

志朗のことも「お兄さん」と呼ばなきゃならないのかなと考え、そう呼んでみたのだが、緊張していたせいかつい噛《か》んでしまい、「自然体でいい。無理するな」と言われ、今でも「志朗さん」のままだ。

嘉嶋一希と名を変えても、所詮《しょせん》は愛人の子。

親族や使用人達の蔑むような視線や冷ややかな扱いは以前と変わらない。

屋敷の中で唯一、志朗の側だけが落ち着いてすごせる場所だったのだが、その志朗も大学入学にあわせて京都の本宅を出ることになっていた。

「こっちの家は人の出入りが多すぎて、どうしても落ち着かないからな。その点、東京の別宅なら静かにすごせるだろう」

「そう……なんですか……」

志朗が志望校に合格したことを祝福しなければならないと思うのに、どうしても喜んであげることができない。

(これから、僕ひとりでどうしたらいいんだろう)

父となった統悟は、いつも一希にとても優しくしてくれて、母の代わりに甘やかしてくれていたけれど、それでも志朗の側にいるときのような安心感を覚えたことはない。

心細さに一希がしょんぼりしていると、「男の子のくせにそんなに気弱そうな顔をするんじゃない」と志朗から軽く頭を小突《こづ》かれた。

「おまえも俺と一緒に東京に行くんだ。俺は親父と違って、おまえを甘やかしたりはしないからな。覚悟しておけ」

「え？　僕も連れてってくれるんですか？」

「ああ。おまえ、京都の学校になかなか馴染《なじ》めずにいるらしいな。東京のほうが楽に生きられるのかもしれないと親父が言っていた。それに、俺と一緒に東京に引っ越すことになっている満子も、おまえを京都にひとり残していくのがどうしても不安なんだそうだ。——一緒に来るな？」

そう聞かれて、一希は何度も頷いた。

「行きます！　僕も一緒に連れてってください！」

それはたぶん、一希が京都の屋敷で暮らすようになってから出した一番大きな喜びの声だった。

「よし。じゃあ決まりだ」

志朗が頷く。

「はい」

(ああ、よかった)

志朗と一緒にいられることが嬉しくて、一希ははにかむように小さく微笑んだ。

そんな一希を見て、志朗もまた僅かに唇の端を上げる。

「おまえは、本当に変な奴《やつ》だな」

「僕、変ですか？」

どこが変なんだろうと、一希はきょとんとして首を傾《かし》げる。

「俺はこの通り愛想がよくない。基本的に小さな子供には怖がられることが多いんだが、おまえは初対面のときから平気だっただろう？　今も、優しい親父じゃなく、俺と一緒にいられることのほうを望んでるようだしな。――気弱なのか図太いのか、どうにも判断がつかん」

「え、でも、最初から怖くなんてなかったし……」

むしろ志朗は親切で優しかったから側にいられて嬉しかったのだと一希が言うと、志朗はやっぱり変な奴だと言ってうっすら微笑んでくれた。

そしてその翌春、一希はまた東京へと戻ってきた。

引っ越した先は、以前暮らしていたような賑《にぎ》やかな地域ではなく、いわゆる高級住宅地と言われる静かな一画だ。

新しい住処《すみか》となった洋館は、別宅とはいえ資産家である嘉嶋家だけにさすがに贅を凝らした見事な造りで、その維持と志朗と一希の身の回りの世話をするために使用人も新たに数名雇われた。彼らは皆、満子が東京で面接して選んだ新しい人達だったので、一希のことを愛人の子と蔑んだりはしない。

志朗の友達が数名出入りする以外は滅多に来客もなく、一希は本宅にいたときとは違って屋敷の中で人の目を気にせず伸び伸びと生活することができるようになった。

それでも、いつも一希の胸には周囲の人達を騙しているという罪悪感がある。

だからといって、本当のことを言うことはできない。

ここの穏やかな暮らしを手放す勇気はなかったし、なにより、志朗の側にいられる幸せを失いたくはなかったから……。

(僕は……卑怯者《ひきょうもの》の嘘つきだ)

自分のこの幸せで穏やかな暮らしは、母がついた嘘の上に成り立っている。

一希の足元はいつだってゆらゆらと不安定で、いつ崩れてもおかしくない状態なのだ。

(……いつまでこうしていられるんだろう)

不安定な足元と、日々増殖していく罪悪感。

足元が崩れるのが先か、背負いきれなくなった罪悪感に押しつぶされるのが先か。

心の中は、いつも不安でいっぱいだった。

★

再び東京で暮らすようになってもう十年目なんだなと、一希が感慨深く屋敷の門を見つめていると、厳しい声をかけてくる者がいた。

「一希、なにを間抜け面晒して、ぼけっと突っ立ってるの。恥ずかしいわね」

屋敷の門の通用口が開いて、中から一希にとってよく見慣れた顔が現れる。

「間抜け面なんてしてないよ」

「してた。あなたはただでさえ目立つんだから、間抜けっぽい言動は慎《つつし》んでよね」

早く中に入りなさいと言う女性は、つい先日三十路《みそじ》を迎えたばかりの満子の一人娘、瑛美《えいみ》だ。

十年前、東京の大学に通っていた瑛美は、満子の上京と同時に、嘉嶋家の別邸で家政婦としてバイトをするようになった。

大学卒業後には嘉嶋家に正式に就職し、現在は家政婦としてだけではなく、事務仕事が苦手だった満子に代わり、別宅である東京の屋敷の維持や使用人の管理まで任されるようになっている。

「それと、明日は午後から雨だそうだから車で大学に行ってね。運転手のスケジュールも押さえてあるから」

自転車を押しながら門をくぐる一希に、瑛美が告げた。

「少しぐらいの雨なら平気だよ」

「駄目よ。雨でタイヤが滑るかもしれないでしょ。それに嘉嶋家の次男坊がびしょ濡れで自転車漕いでるだなんて、そんな貧乏くさい姿をご近所様に見られたら恥ずかしいもの」

「……それぐらい、どうってことないと思うけど……」

「あるの！　自転車通学だって本当は止めて欲しいぐらいなんだから。志朗さまがお許しになったから、しょうがなく認めてあげてるけど……。——なんで志朗さまって、あなたを甘やかすのかしら？」

「別に甘やかされてなんかないよ。甘やかさないって、ずっと前に宣言されてるし……。僕がスポーツとか一切しないから、健康のためになるならって許可してくれただけ」

「そう。……お優しいわねぇ」

瑛美はちょっとうっとりした顔になる。

志朗のことをそりゃもう崇拝しているのだ。

（志朗さんのほうが年下なのに……。それに、嫉妬《しっと》とかしないのも不思議だな）

病弱だったという志朗の母親の代わりに、満子は乳母《うば》として志朗を育てたと聞いている。

満子の実子である瑛美は、母の愛情を半分奪われたようなものではないかと思うのだが、そのわりに志朗に対する敵愾心《てきがいしん》を持ってはいないようだ。

それどころか、二歳年下の志朗のことを、生涯の主《あるじ》と定めている節がある。

母性本能の固まりのような優しい満子とは違って、瑛美はどちらかというときつくてはっきりした性格で、ちょっと強めの口調と態度で話しかけてくるから、気弱な一希はいつもたじたじだ。

だが一希は彼女に対して苦手意識を持ってはいない。

母亡き後、満子がずっと母親代わりだったせいか、その娘である瑛美のことは年の離れた姉のように感じることさえあるぐらいだ。

瑛美もそうみたいで、人前ではすました顔で「一希さま」と呼ぶくせに、ふたりきりのときにはお姉さんぶって「一希」と呼んでくる。

（瑛美さんは、僕に対する気持ちに裏表がまったくないからいいな）

京都の本邸にいた使用人達は表面上のみ穏やかな口調と優しい態度で接してきたが、その冷ややかで蔑むような目つきは、彼らの内心を雄弁に物語っていた。

その裏表のある態度に怯えていた一希にとって、東京で出会った瑛美のきつめの口調と率直な態度はむしろ安心できるものだったのだ。

『なんだってそう、いつもうじうじビクビクしてるの？　京都じゃどうだったかは知らないけど、ここじゃ誰もあなたのことを苛めてなんていないでしょ？　自分の姿が周囲からどんな風に見えているか、ちゃんとわかってる？』

妾腹《しょうふく》の子である一希が、いつもビクビクおどおどしていたら、事情を知らない周囲の人々の目にその姿がどう映るか。

あの子はその生まれのせいで、嘉嶋家の人々から虐《しいた》げられ、酷い目に遭わされているのではないか？

そんな、ありもしない疑いを持たれることになるかもしれないのだと瑛美は指摘した。

『統悟さまも志朗さまも、あなたにとてもよくしてくれてるでしょ？　もっと素直に好意を受け取って、子供らしい顔で明るく元気に笑いなさいよ。せっかく綺麗な顔してるのに、勿《もっ》体《たい》ないったら』

ほら笑えと、大学生だった瑛美にほっぺたを引っ張られたことを今でも覚えてる。

さすがに明るく元気に笑うことはできなかったが、それでも一希は、彼女にはっぱをかけられたお蔭で以前より堂々と振る舞えるようになったような気がしている。

自分がおどおどビクビクしていると、統悟や志朗にありもしない虐待の疑いがかかるのだという指摘が、一希の背中を押したのだ。

――自分のせいで、統悟や志朗に迷惑はかけられない。

そんな想いが、本来臆病《おくびょう》な一希をほんの少しだけ強くしてくれる。

（もしも僕が、瑛美さんみたいにはっきりした性格だったら、今ごろどうなってただろう？）

さっさと本当のことを白状してこの家から追い出されていただろうか。

それとも、我が身を守ることを優先して、この家から絶対に出て行かないと嘘をつき続ける決意をしていただろうか。

どちらにせよ、きっと白黒はっきりつけていただろう。

でも、今の一希は中途半端だ。

嘘をついていることに罪悪感を抱《いだ》いているくせに、本当のことを言う勇気もない。

（あのとき、本当のことを言うべきだったんだ）

母が死んだ直後に本当のことを打ち明けてさえいれば、あの頃はまだ子供だったし、母のついた嘘に巻き込まれただけだと大目に見てもらえていたかもしれない。

でも、もうじき二十歳を迎えようとする今となってはそうはいかない。

充分に善悪がわかる年になってもなお、母のついた嘘を知っていながら黙して語らず、その嘘に便乗して恵まれた生活を享受しているのだ。

嘘がばれたときには共犯だと糾弾され、相応の罰《ばつ》を受けることになるだろう。

（……罰か）

子供の頃は、まだいろんなことがわかっていなかったから、ただ漠然と恐怖を感じていただけだった。

でも今では、恐怖の対象もはっきりしている。

今まで自分のために使われてきたお金がいったいいくらになるのか、正直想像することさえ怖いが、それでもこの先の人生すべてをかければ返せない額ではないだろう。

だから、その件に関してはさほど恐怖を感じてはいない。

今の一希が一番怖いのは、志朗から嫌われること。

赤の他人のくせに嘘をついて家に居座っていた寄生虫だと、冷ややかな目で見られるのが

も早い。

一番怖い。

（ああ、でも……志朗さんは怒ってもくれないかもしれない）

志朗は、ぐずぐずと優柔不断な一希と違って、なにごとにもはっきりとしていて割り切りも早い。

一希が実は他人だったとわかったら、その時点で興味を失って、ばっさりと関係を断ち切られる可能性が高かった。

（それで、その翌日には、今までお世話になった分の請求書が送られてきたりして……）

充分あり得る話しだと、自分の想像に凹《へこ》む。

母の死の直後、強く抱き締めてくれたあの志朗の腕が、今の一希にとっては生きる支えになっている。

あの腕をなくしてしまったら、その途端にへなへなとその場に崩れ落ちてしまいそうなほどに……。

（でも、いつかは本当のことを言わなきゃいけない）

志朗のことを大切に思えば思うほど、彼を騙しているのだという罪悪感も増していく。

自分の口からきちんと真実を告げて、謝罪しなければならないと思うのに、優柔不断で臆病な一希は、どうしてもそれを実行に移せない。

ぐるぐる悩み続けるのが苦しくて、ほんの少しでも先に進めればと、最近ではみんなに内緒でこっそりとバイトをはじめていた。

いつか本当のことを話して、ここから出て行かなきゃならないときのための準備資金を貯《た》めるために……。

そうやって、いつか来たる日のためになにかしているのだという言い訳を得ることで、ギリギリのラインで心のバランスをとっているようなものだ。

(僕って、本当に中途半端だ)

あっちにも行けない。

こっちにも行けない。

今の幸せを少しでも引き延ばしたくて、この微妙なバランスが変化しないよう、息をひそめてじっとしている。

どうにもならない息苦しさに溜め息が零れた。

2

きっかけは雷だった。

臆病な子供だった一希は、昔から雷が大の苦手だった。

特に夜に鳴り響く雷が駄目で、母とふたり暮らしだった頃は、雷が鳴るたびに母の布団に避難していたものだ。

その母が死んで一ヶ月後、困ったことに皆が寝静まった深夜に雷が鳴り響いた。

(どうしよう。満子さんの所にはいけないのに……)

満子は屋敷の敷地内にある使用人用の別棟で暮らしていて、そこに行くには一度どうしても外に出る必要がある。

雷が鳴っているときに屋外に出るなど、怖がりな一希には無理な話だった。

となると、行ける場所はただひとつ、志朗の部屋だけ。

(でも、さすがに夜にお邪魔したら怒られるかも……)

一瞬怖《お》じ気《け》づいたが、次の瞬間にはゴロゴロとまるでドラムロールのような雷の音が響いてきて、もうそれどころじゃなくなった。

とてもじゃないがひとりでなんていられなくて、毛布を手にこっそりと部屋から出ると、そうっと志朗の部屋に潜り込み、いつも座らせてもらっているソファに震えながら膝を抱《かか》えて座った。

（ここまでならいいよね）

志朗の寝室は、この続き部屋だ。

襖一枚隔てた場所に志朗がいるのだと思えば、少しは恐怖も和《やわ》らぐ。

（大丈夫。きっとすぐにどっか行っちゃうし……）

雷なんてものは、いつまでもひとつ所に留《とど》まっているものじゃない。

小一時間もすればきっと怖い音も収まるはずで、それからまたこっそり部屋に戻れば、夜中に侵入してしまったことだってばれやしないはずだ。

また雷がゴロゴロと鳴って、一希は毛布を頭から被ると両手で耳を塞《ふさ》いで目を閉じる。

その直後、一際大きな雷鳴がとどろき、その振動が木造の家を不気味に振動させた。

「ひゃ……」

耳を塞いでなお聞こえてくる雷の音に、一希は小さな悲鳴をあげる。

一向に収まらない雷鳴に縮こまってブルブル震えていると、

「——ここで、なにをやってる」

不意に毛布をめくられた。

びっくりして目を開けると、そこには志朗がいた。

「あ……ご、ごめんなさい」

「謝る前に、なにをやってるのか言え」

「か、雷が、怖くて……」

「確かに酷い雷だが、屋内にいれば安全だ。わざわざおまえ目がけて落ちてきたりしない」

「それは、わかってるんですけど……」

冷静な志朗の声に、一希は自然と首を竦める。

それでも怖いものは怖いのだと言おうとしたとき、また大きな雷鳴がとどろいた。

「ひゃあっ！」

「今のはかなり近かったか……。──なるほど、理性でどうこうできるレベルじゃないようだな」

思わずまた頭から毛布を被り、目に見えてブルブル震えている一希を見て、志朗は呆れたようだった。

「東京にいた頃は、どうやって雷をやりすごしてたんだ？」

「あの……ママの布団に入れてもらってました」

さすがにみっともないような気がして小さな声で答える。

「……そうか。それなら仕方がないか……。──おまえ、寝相は？」

「はい？」

唐突な質問に、一希はひょこっと毛布から顔を出した。

「寝相が悪いと言われたことはないか？」

「ないです」

「ならいい。特別に、雷が鳴っている夜だけベッドに入れてやる」

「いいんですか？」

「ああ。そんな所じゃ眠れないだろう。俺もおまえがこんな所にいたんじゃ気になって眠るに眠れないしな。――早く来い」

あくびを嚙み殺し、志朗が眠そうに急かしてくる。

「あ……りがとうございます」

志朗が母を亡くしたのは、たぶん自分と同じ年頃のはず。もしかしたら母を亡くしたばかりの自分に同情してくれたのかもしれない。

これ以上ぐずぐず言って、志朗の眠る時間をロスさせてはいけないような気がした一希は、慌てて言う通りにした。

はじめて入る志朗の寝室も洋室仕立てにしてあって、ベッドはとても大きい。

これなら邪魔にならずに眠れそうだと、小さく丸めた毛布を枕代わりにしてその隅っこにそうっと潜り込む。

（な、なんだか緊張する）

触れ合わずとも、同じ毛布の下にいるせいか微かに体温が伝わってくる。

屋根の上では相変わらず雷がゴロゴロ鳴っていたが、もう気にならなくなっていた。

それよりも、すぐ側で眠っている志朗の存在のほうがずっと気になる。

志朗は、かなり寝つきがいいようで、横になるとすぐに寝息を立てはじめた。

(……よかった。邪魔にならなくて……)

自分がベッドに間借りしたぐらいのことなんて、志朗には気にもならないようだ。

どうやら迷惑にならなかったようだと、一希はほっと息を吐く。

そして、規則正しい志朗の寝息をぼんやり聞いているうちに、いつの間にかすんなり眠りに落ちていた。

これがきっかけとなって、それからの一希は、雷が鳴るたびにこっそり志朗の布団に潜り込むようになった。

そうしてもいいと許可はもらっていたし、雷が鳴るたびにわざわざ志朗を起こすのも悪いような気がして、いつも気配を消して足音を忍ばせながら寝室に忍び込み、そろそろとベッドの隅に潜り込む。

翌朝、目覚めた志朗が特になにも言わないので、そんな行為は習慣となった。

東京の別宅に来てからもそれは変わらず、ずっと一希は雷が鳴る夜は志朗のベッドに潜り込み続けた。

さすがに成長するにつれ、いつまでも雷を怖がる臆病な自分が恥ずかしくなったが、それでもやはり怖いものは怖い。

周囲に人がいる間はなんとか平静を装うことができるのだが、夜にひとりきりの部屋で雷の音を聞くと、怖くていてもたってもいられなくなる。

この奇妙な習慣を知っているのが自分達だけで、満子にさえばれていないことも、習慣をずるずると続ける要因になっているような気がする。

志朗が出張でいない夜でさえ、一希は雷が鳴ると志朗のベッドに潜り込んだ。

志朗のテリトリー内にいるだけで不思議と安心できたから……。

恥ずかしながら、この習慣は大学生になった今でも続いている。

それだけではなく、ある雷の夜を境に、もうひとつ習慣が増えていた。

——後で部屋に来い。

志朗にそう促された夜も、彼のベッドに潜り込むようになっているのだ。

それも、ただ添い寝するだけではなく、志朗に抱かれるために……。

きっかけは、やはり雷だった。

当時、高校生だった一希は、徐々に近づいてくる雷の音に怯えて、その夜も安全地帯である志朗のベッドに潜り込もうとしていた。

いつもは起こさないよう、広いベッドの隅にこっそり潜り込むだけなのだが、その夜は違った。

潜り込もうとしたまさにその瞬間に、空気を振動させるほどの一際大きな雷鳴が鳴り響いたのだ。

びっくりして怯えた一希は、恐怖のあまり慌てて毛布の中に潜り込み、その勢いのまま志朗にぎゅっとしがみついてしまっていた。

その後に起きたことは、あまりにも衝撃が強すぎたせいか、正直あまりはっきりとは覚えていない。

『誘っているのか？』

覚えているのは、そんな志朗の言葉。

そして半ば強引に押し開かれた身体の芯《しん》の痛みと、それに勝る深い喜び。

志朗の重み、その肌の熱さと荒い吐息を直《じか》に肌に感じて、ただもう恍惚《こうこつ》となっている自分。

気がつくと一希は、その汗ばむ身体に夢中でしがみついていた。

性の喜びを感じるより先に、志朗の存在そのものに酔ってしまっていたようなものだ。

（だって、ずっと大好きだったし……）

母の死の直後、泣き叫ぶことしかできなかった自分を抱き留め、落ち着かせてくれたときから、一希にとって志朗は精神的な支柱だった。

実際の保護者は戸籍上の父である統悟だとしても、現実的な意味での保護者は志朗で、まず真っ先に頼ってしまうのも志朗だった。

誰よりも大切で、誰よりも大好きで、ただ側にいられるだけで元気になれるし安心できる。

あまりにも志朗中心な自分の心の在り方が、少し変なんじゃないかと不安に思ったこともあったが、その夜の出来事を経たことで、なぜそうだったのかをすんなり納得できるようにもなった。

(僕、志朗さんが好きなんだ)

自分でも自覚しないまま、保護者としてではなく、ひとりの人間として志朗を意識し、いつの間にか愛するようになっていたんだろうと……。

はじめて会った日、志朗のさりげない優しさを嬉しく思ったあのときからか。

それとも、母の死の直後、抱き締めてくれたときからか。

もしくは、雷の夜にベッドに入れてくれたときからか。

思い当たる節がたくさんありすぎて、自分でもわからない。

ただひとつわかるのは、これが一希にとって、はじめての、そしてただひとつの恋だということ。

(志朗さんがいたから、今まで誰にも興味が持てなかったんだ)

中学から高校にかけて、整いすぎたこの顔に惹《ひ》かれた人達から好意を打ち明けられることが何度もあった。

そのたびに一希は、すぐにごめんなさいと断ってその場から逃げていた。

中には酷く真剣な面持ちの子もいたけれど、一瞬たりとも迷わなかった。

押しに負けて頷くのは相手の子に失礼だし、そもそもその手のことに関してなんの興味も好奇心もなかったからだ。

もしかしたら、自分には色恋に対する拒否反応があるのかもしれないとさえ思っていたぐらいだ。

(母さんのこともあるし……)

恋ゆえに、母は未婚のままで自分を産み、最愛の人の子供を育てるために優しい統悟を騙して利用した。

それを思うと、どうしても胸が痛んだから……。

だが、どうやら違ったようだ。

ただ単に、恋してる人がすでに身近にいたから、他の人達が目に入らなかっただけ。

血が繋がらないと知っているのは自分だけで、志朗は自分のことを弟だと思っている。

だから一希も、嘘をつき続けるために、志朗を兄として認識するように努力していた。

普段から志朗のことを「お兄さん」と呼ばない代わりに、志朗が自分の兄なのだと日々自分自身に言いきかせ、そう思い込もうとしてきたのだ。

その思い込みが目隠しになって、志朗を慕うこの強すぎる気持ちが恋だと気づけずにいたのだろう。

(……これから、どうしたらいいのかな)

まさに嵐のような一夜が明けた後、精神的にも肉体的にもショックを受けた一希は珍しく熱を出し、これ幸いと自室に閉じこもって、ベッドの中でぐずぐずと悩み続けた。

突然、否応《いやおう》もなく自覚してしまった恋心に戸惑うばかりで、この先、志朗の顔をまっすぐに見られる自信がない。

意識しすぎて、変に思われるのも嫌だ。

志朗がどんなつもりで自分に手を出したのかがわからないのも怖い。

(昨夜、誘ってるのか？　って、言われたような……)

雷に怯えてしがみついた。

そんな自分の行為を、志朗は誘っていると勘違いしたのだろうか？

もしそうなら、原因を作ったのは自分だ。

だが、なぜ志朗はその誘いに応じてくれたのだろうかと、一希は不思議に思う。

以前から、志朗も自分のことを思ってくれていたってことだろうか？

(そんな感じはなかったけど……)

志朗のスタンスは出会ったときから一貫して変わらない。

兄弟だからといって甘やかしもしないし、愛人の子だからといって差別もしない。

だが兄である以上、保護者としての役割はきっちりと果たしてくれている。

そこに、色恋に通じるような甘さは一切感じない。

（それなら、この顔のせい？）

この性別不詳の整いすぎた顔に惹かれるのが女性ばかりじゃないってことは、性別を問わず告白されることからわかっていた。

あのとき、寝ていたところを急にたたき起こされた志朗は、ぼんやりしていたはずだ。

だからこそ、抱きつかれた程度のことで誘われたと勘違いしてしまったのだろうし、薄暗がりの中で視界に入ったこの顔に、普段は感じない欲求を覚えてしまったのかもしれない。

（昨夜のこと、志朗さんはどう思ってるんだろう？）

志朗は、一希を実の弟だと思っているのだ。

誘惑されたと勘違いしたとはいえ、弟に手を出したことを後悔してはいないだろうか？

（もしそうなら、どうしよう。……僕のせいで、志朗さんが嫌な気分になってたら……）

かつて一希は、母が周囲の人達に嫌われたのはすべて自分のせいだと思い込んでしまったことがある。

成長した今では、あれが子供ゆえの視界の狭さからくる勘違いだと理解できるようになったが、自分のせいで母を悪者にしてしまったという罪悪感は、トラウマとなって心に残ってしまっていた。

――間違っていたのは自分、悪いのもぜんぶ自分。

それが卑屈な考えだと今では自覚している。

それでも、まず真っ先に自分に非があるのではないかとどうしても疑ってしまう。

そして今度ばかりは、それが正解なような気がした。

悶々《もんもん》と考えているうちに夜になり、使用人達も帰ってしまった後で、一希の部屋のドアがノックされた。

(志朗さんだ)

「入るぞ」

一希がどうしようとおろおろしているうちに、志朗は返事も待たず部屋の中に入ってきて、慌ててベッドの上で起き上がった一希を見て眉をひそめる。

「まだ熱が下がってないのか?」

「いえ。もう下がりました」

「そうか。怪我の具合はどうだ?」

「え?」

一瞬戸惑ったが、すぐに昨夜の行為で後ろが少し傷ついていたことを思い出す。

(怪我だなんて言うから……)

大袈裟《おおげさ》だし、あまり触れて欲しくない話題だ。

一希は、恥ずかしさと気まずさから赤くなって俯いてしまった。

「大丈夫です。その……さっき、シャワーを浴びたときには出血も止まっていたし……」

「薬は塗ったのか？」

「塗って……ないです」

「そんなことだろうと思った。——見せてみろ」

「え？　って、あの……大丈夫です。本当に大丈夫ですからっ」

歩み寄ってきた志朗の手に、常備薬のケースがあるのを見て一希は慌てた。

（お尻を見せるなんて……）

昨夜すべてを見られてしまったとはいえ、それでも恥ずかしい。

近寄ってくる志朗から少しでも離れようと、慌ててベッドの上をずり上がって壁に背をつける。

「場所が場所だけに、化膿《かのう》でもしたら厄介なことになるぞ」

いいから見せてみろと、足首を掴まれて強引に引き寄せられ、あっという間にベッドの上に俯せにされる。

止《と》める間もなくパジャマごと下着をずり下ろされて、一希は恥ずかしさのあまり全身真っ赤になった。

（ああ、もう……）

こうと決めたら意志を変えない志朗のことだ。

ここで一希が抵抗したところで、目的を果たすまでは諦めてくれないだろう。

お尻だけをむき出しにしている自分の格好を思うと恥ずかしくてたまらないが、往生際悪くじたばたすればするだけ、この恥ずかしい時間は長引くことになる。

観念した一希は、真っ赤になった顔をシーツに埋《うず》めて隠した。

「思っていたより酷くなってないが、まだ少し腫《は》れているようだな」

なんのためらいもなく一希の尻たぶを両手で押し広げた志朗が、そこを冷静に観察すると、チューブから絞った薬を塗りはじめる。

さすがに傷の痛みを思いやってくれているのか、薬を塗る指の動きは優しかった。

（……あ……ちょっ……中まで……）

迷いなく中まで入ってきた指が、薬を塗り込めるべく内壁をなぞる。

手当をしてもらっているのだとわかっていても、どうしても昨夜の記憶が脳裏をよぎってしまう。

そうこうしているうちに、指先が傷になっているところに触れた。

「……んっ……」

チリッとした甘痒《あまがゆ》い感覚に思わず一希が声を漏らすと、志朗の指の動きが止まる。

「ただ手当しているだけだ。変な声を出すな」

「……あ……ご……めんなさい」

機嫌の悪そうな志朗の声に、一希は小さく謝った。

(志朗さん、昨夜のこと、やっぱり不愉快に思ってるんだ)

誘われた勢いとはいえ、弟と一夜をすごしてしまったことを後悔しているに違いない。

(なんで僕ってこうなんだろう)

自分のなにげない行動が、大切な人達を悩ませ苦しめてしまう。

生まれたときから嘘で塗り固められた自分の存在が嘉嶋家の人々にとっての迷惑そのものなのに、また迷惑の上塗りをしてしまうなんて……。

じわあっと溢《あふ》れ出てきた涙を、一希は志朗に気づかれないようシーツに吸い込ませる。

それでも自然に震えてしまう背中に、志朗の手が触れた。

「――それとも、また誘ってるのか?」

「え?」

「それならそれで俺は別に構わないぞ。おまえは、そこらの女よりずっと綺麗だしな」

綺麗、と言われて、胸が高鳴った。

普段は誰になにを言われても嬉しくなんてないし、むしろ目立ちすぎるこの容貌が嫌いですらあったのに、志朗の口からその言葉が聞けたことがなんだか無性に嬉しい。

(志朗さん、構わないって言った)

つまりそれは、昨夜のことを後悔してはいないってことだ。その上で、もしも一希にその気があるのならば、また抱いてくれると言っている。

（どう……しよう）

自分達は男同士で、そして表向き兄弟だ。

こんな関係、世間的に見て許されることじゃない。

許されることじゃないのだけど……。

（でも、抱いてくれるって……）

普段の生活の中で、一希が志朗に触れることができる機会はほとんどない。

抱き締めてもらったのなんて、母の死の直後から数えて昨夜で二度目だ。

（頷きさえすれば、また抱き締めてもらえる）

どうしようと心はぐずぐず迷っているのに、身体のほうは勝手に動いていた。

志朗の姿を求めて、シーツからゆっくり顔を上げて振り返る。

ためらいながらも頷こうとした一希に、志朗が怪訝そうな顔をした。

「どうして泣いてる？　泣くぐらい嫌だってことか？　それならそうと早く言え」

勘違いした志朗の手が、背中から離れていく。

一希は慌てて起き上がり、両手でその手を摑んで引き止めた。

「嫌じゃない……嫌じゃないです！」

この手に触りたい。
この手にもっと触れて欲しい。
そのためになら、自分はなんだってする。
「あの……」
それでも、抱いてください、とはっきり言うだけの勇気は一希にはなかった。
唇を開いたまま言葉をためらい、なにか他に言いやすそうな言葉を探す。
「……また……昨夜みたいに……してください」
自分から誘う恥ずかしさに、声が震えた。
(本当は、いけないことだけど……)
万が一にも、こんなことが人に知られたら志朗の人生の汚点になるだろう。
志朗は、生まれたときから嘘にくるまれて生きてきた自分とは違う。
こんな間違った関係に引きずり込んじゃいけない人だ。
わかっているけど、それでも一希は志朗が欲しかった。
自分がしていることが悪いことだという自覚に、またじわっと涙が滲《にじ》む。
「いいんだな?」
志朗に再び確認されて、一希は頷きながら、目を閉じた。
(僕は、また……同じことをしてる)

母の死の直後、悪いことだと知りながら、母の嘘を隠し続ける決意をした。

そして今、悪いことだと知りながら、志朗を誘っている。

正しい道はちゃんと見えているのに、いつもこうして目を閉じていても進んでいける、自分にとって一番楽で都合のいい道を選んでしまう。

そんな弱い自分が嫌いで、本当に嫌いで仕方ない。

でも、そんな自分への嫌悪感より、志朗を好きだと思う気持ちのほうが強かった。

（……ごめんなさい。——それでも、どうしても好きだから……）

閉じた瞼《まぶた》に押し出された涙が頬を伝っていく。

その涙が雫《しずく》となって顎《あご》から離れるより先に、志朗は一希の唇を奪った。

そして、ふたりのそんな関係は、日常の中の習慣のひとつになったのだ。

☆

（望んだのは僕だ）

大学で講義を受けながら、一希はひっそりと溜め息をついた。

だが志朗を慕う気持ちは胸の奥に秘めたまま、これからも決して口にするつもりはない。

（だって志朗さんは、この顔を気に入って抱いてくれてるだけなんだから……）

そこらの女より綺麗で、でも男だから妊娠の心配もない。

ちょっと声をかければ、すぐに喜んで抱かれにくる都合のいい性欲処理の相手。

志朗にとっての自分は、きっと使い勝手のいい玩具のような存在だ。

（志朗さんは割り切りが早いからな）

最初の夜の後ぐらいは、ちょっと悩んだかもしれない。

寝起きに誘惑されたからとはいえ、実の弟を抱いてしまったことを……。

でも、二度目のときには、もう迷いはなかったように思う。

一度そういう関係になってしまった以上、すでにハードルが下がってしまっているのだ。

だからこそ、一希が望むのならばこの関係を続けても構わないと言ってくれたのだろう。

（僕の気持ちには気づいてるのかな？）

気づいているのだとしたら、その話題に触れないことこそが志朗の答えだ。

気づいていないのだとしたら、なぜ一希が志朗を誘うような真似《まね》をしたと思っているのだろうか？

（セックスへの好奇心から……とか？　スキモノだと思われてたら嫌だなぁ）

志朗に本当の気持ちを聞く気はない。

聞いたところでどうせ虚しくなるだけだし、聞くことでこの関係に変化が訪れるのが怖いから……。

（どうせ、今だけの関係だ）

この性別不詳の顔だって、いつまでも綺麗なままでいるわけがない。

それに一希の身体だって、華奢《きゃしゃ》だった高校生の頃とは少しずつ変わってきている。

志朗は元からゲイというわけではないから、顔はともかくとして、日に日に男らしくなっていくこの身体に興味を持てなくなる日がやがてくるかもしれない。

その日が来るまで、あとどれぐらい時間が残っているかわからない。

わからないからこそ、ほんのちょっとでも波風を立てたくない。

そして、その日が来たら、大人しく諦めるつもりだ。

未練がましく志朗を見つめたりしないし、雷の夜にベッドへ潜むのも止める。

だから今だけ、興味を持ってもらえている間だけ、誰より側に置いていて欲しい。

後で部屋に来いと志朗に呼ばれ、準備を整えて志朗の寝室へと向かう間、一希はいつもそんなことを考えている。

もしかしたらこれで最後かもしれない。

そう覚悟を決めてから、志朗の部屋のドアをノックする。

愛する人にこれから抱かれる喜びと、愛する人をこれで失うかもしれない不安。

そんな相反する気持ちに、心を切なく揺らしながら……。

（こういうのって、普通の片思いより質が悪いのかもしれない）

身体の関係はあっても、恋愛という意味で心が重なることはない。

一希に自分の想いを告げる意志がない以上、志朗との関係はこの先も決して変化しない。

終わりがくるその日まで、ただの習慣のままだ。

（一度でいいから、あんな風に寄り添えたらきっと幸せなんだろうけど……）

少し前の座席に座っているカップルを眺めて、一希は軽く目を細めた。

肩を寄せ合うふたりは、講義の間中も机の下で手を繋ぎ合ったり、ずっと耳元でこそこそと囁き合ったりしていて、いちゃつくそのさまは一希からすれば目の毒だ。

とはいえ、ほんの少し羨ましいと思うだけで、それが現実になることまでは望まない。

（僕には、夢を見る資格すらない）

生まれたときから、自分の存在は嘘でまみれている。

だから、愛を告げることも、愛を請うこともしない。

そんなことをしたら、いつか嘘がばれたとき、自分のこの想いも嘘だったのではないかと思われてしまいそうだから……。

兄弟としての情が消えた日の保険として愛を請おうとしていたのではないか？

そんな風に志朗から疑われる余地は作りたくない。

嘘でまみれたこの人生の中で手に入れた、たったひとつの恋。

この大切な想いまで嘘で汚されたくないから、決して表には出さない。

そして、この胸の中でずっと大切に温めていく。

(なにがあっても、絶対になくさない)

すべての嘘がばれたとき、なにひとつ手元に残らないようでは、あまりにも虚しすぎるから……。


「嘉嶋一希」

あまり身が入らなかった講義が終わった直後、一希が机に広げていたノート類を片づけていると、唐突にフルネームで呼ばれた。

「なに?」

振り返ると、そこには同じ講義を受けていた生徒のひとり、真田《さなだ》がいた。

一希がまっすぐに見つめ返すと、真田は一瞬ひるんだように軽く顎を引く。

「その顔、何度見ても見慣れるってことがないな」

「僕の顔にケチをつけるために呼んだの?」

「逆、誉めたんだよ。ってか用事は別。——今日、暇か?」

(またか……)

一希は、思わず溜め息をついた。

ここで暇だと答えれば無理矢理どこかに連れて行かれることになりそうだし、暇じゃないと答えれば、それならいつ暇になる？　と聞かれるに決まっている。

自分が押しに弱い性格だと知っている一希は、こういうとき、いつもつけいる隙《すき》を見せないよう、意識して強気に振る舞うようにしていた。

「先に用件を言ってくれない？」

「はいはい。──みんなで飲みに行くんだけど、おまえも参加しないか？」

「遠慮しとく」

いつものようにさっくり断ると、やっぱりねと言わんばかりに真田は肩を竦めて、ぐるっと後ろを振り向き、「ほらな。駄目だっただろう？」と出入り口の所にたまっていた女の子達に向かって言った。

（わかってるなら、誘わなきゃいいのに……）

大学入学以来、何度も繰り返されたやり取りだけにさすがにちょっとうんざりする。

とんでもない美形がいると話題になった大学入学時、一希は大学の同期や先輩達に、サークル活動や飲み会、コンパ、コンサートに展示会と、いろんな所に誘われまくった。

だが、一度もOKしたことはない。

人づき合いをすることで、余計なトラブルや気苦労を背負い込むのが嫌だからだ。

京都から東京に戻り伸び伸びと暮らせるようになった頃、友達を作ってみようかと試してみたことがあったが、けっきょくはうまくいかなかった。

一希の美貌が女子の注目を集めてしまうことで、逆に男子からは反発を買うことが多かったし、たまに親しくなれそうな相手が現れても、一希自身がどうしても素直に心を開くことができず、友達になる前に自然と距離が空《あ》いてしまったから。

(……これでいいんだ)

誰かと親しくなって、嘘で塗り固められた個人的な事情に踏み込んでこられるのが怖い。

本当のことなんて言えるわけがないし、かといって、嘘の上に成り立っている今の状況を口に出してしまうのは、さらに広範囲に嘘を重ねてしまうことになる気がしてためらわれる。

これ以上、自分の嘘に誰かを巻き込みたくはない。

だから一希は、個人的な知り合いをなるべく増やさないようにしていた。

(それにしても、真田くんは本当にめげないな)

他の人達は誘いを一度か二度断ると話しかけてこなくなったが、真田は違った。

いつも集団の中心にいてまとめ役を引き受ける面倒見のいいタイプのようで、なにかの集まりがあるたびに必ず一希にも声をかけてくるのだ。

(もしかしたら、僕ひとりだけ最初から仲間はずれにしちゃ悪いと思ってるのかな?)

もしそうだとしたら、その気遣いにだけは感謝しなきゃいけないのかもしれない。

とはいえ、誘いに応じることはないのだけれど……。

そんな自分の在り方に自己嫌悪を感じて、溜め息が零れた。


その日、家に帰るとすぐ、今日の夕食はちょっと遅くなるからねと瑛美に言われた。

「どうして？」

「志朗さまが予定より一日早く帰ってらっしゃるのよ。商談がスムーズに行ったみたい。最近、こういうこと多いわね」

「きっと余裕を持ってスケジュールを組んでるんだよ」

（……嬉しい）

志朗の商談がうまくいったことも、一日早く会えることも、両方嬉しい。

一希は自分の部屋に戻ると、携帯を手にして、今日はそっちにいけなくなったとバイト先に連絡を入れた。

『あら残念。次はいつ入れそう？』

「まだ保護者のスケジュールがわからないので、もうちょっと待ってもらえますか？」

『了解。こっちはいつでもＯＫだからね。一時間でも二時間でも、入れそうだったら来てちょうだい』

「ありがとうございます」

通話を切った一希は、携帯を手にしたままでベッドに寝ころぶ。

その口元には自然に笑みが浮かんでいた。

(志朗さんは本当に凄い)

志朗は大学卒業後、自ら事業を立ち上げ成功を収めていた。

やんごとなき家柄である嘉嶋家は、戦後、次々に没落していく華族が多かった中、事業に乗り出して成功を収め、一財産を築くことに成功した一族だ。

だが、おっとりした性格の現当主、統悟は、それらの事業を我が手で継続することを面倒くさがり、そのほとんどを他者に委《ゆだ》ねてしまっている。

それ故、統悟はハンコを押す以外の労働をしたことがなく、現在は音楽や美術等の文化事業を支援したり、後援者として才能ある若者達をサポートしたりと、ある意味、若隠居的な悠々自適の生活を送っていた。

それらを間近に見て育った志朗は、そんな父親の生き方を退屈だと思っていたようで、大学在学時から事業を立ち上げるための準備を着々と進めていた。

業績不振だった海外向けの委託販売業社を譲り受け、木工や漆器、金属製の民芸品などを手がけているつぶれかけの老舗《しにせ》の工房にあちこち声をかけ、会社立ち上げと同時に日本の伝統工芸品として積極的に海外に紹介しはじめたのだ。

事業は成功を収め、最近では海外で話題になったことで国内にも古い伝統の品の人気が広がり、東京と京都に店を持つまでになった。

先細りだと言われていたそれら伝統工芸の業界は、新たな流通経路を得たことで活気を取り戻し、以前は望むべくもなかった技術の継承者も現れるようになったと聞いている。

そんな話を周囲の人達から聞かされるたび、一希は嬉しくてしょうがない。

(志朗さんはみんなを励ましてあげてるんだ)

金に不自由することのない生まれだけに、志朗がただ金儲《かねもう》けのために事業を展開しているとは思えない。

たぶん、日本の伝統工芸を守るために立ち回ることで、父親とは違う形で文化事業を支援しているのではないだろうか。

とはいえ、志朗は決して慈善家ではないので、勝算のない勝負には出ない。自らの目で見てその能力を確かめた上で、これならばと見込んだところにのみ話を持ちかけているようだ。

それ故に、このままでは廃業だと切羽詰まった人が志朗の噂《うわさ》を聞いて自らの作品を売り込みに来たとしても、商売相手としてのレベルに達していないと判断すれば取引を断ることもある。それで恨まれてトラブルになることもあって、そんなときは純粋な慈善家である統悟に問題の相手を丸投げしているとも聞いている。

そして統悟は、その人がどうにかして使い物になる道を模索して、面倒を見てあげているらしい。

（お父さんは優しいから……）

おっとり優しい統悟は、離れて暮らすようになっても、一希のことをずっと気にかけてくれていた。

月に何度か電話をくれるし、似合いそうだからと季節ごとに新しい服や靴などを山ほど送ってくれたりもする。そんな統悟の愛情の注ぎ方は、かつての母の愛し方を思い出させて、懐かしいような、くすぐったいような気分にさせられる。

いつも一希の好きなようにさせてくれる統悟だが、大学を選択するときだけは、できれば自分の手元に戻り京都の大学に進学して欲しいと言ってきた。

大切にしてもらっている分、統悟の願いを叶えてあげたいところなのだが、これだけはさすがに駄目だった。

（京都には、この顔を知ってる人がいるかもしれないし……）

実父が誰だったのか、母亡き今となっては一希には知る術がない。

だが、一希が産まれた頃の母と統悟の関係を思うに、実父もまた京都の人であった可能性が高かった。

父に瓜二つだと言われたこの綺麗すぎる顔を、父の関係者にひとめでも見られたらと思うと肝が冷える。

父との血縁を疑われて、向こうから接触してこられたりしたら、統悟の息子ではないことがばれてしまうかもしれないから。

それを思うと、盆暮れに京都に里帰りすることさえ怖いぐらいなのに、京都でずっと暮らすなんて到底できない相談だった。

それに、まずなにより志朗の側を離れたくなかった。

仕事柄、住居は京都より東京のほうが都合がいいと、志朗は大学卒業後も東京の別宅に住み続けている。

本家の跡継ぎが別宅暮らしはいかがなものかと親族達は不満なようで、何度か別宅を訪ねてきては口出ししてきたが、そんなことを気にするような志朗ではない。

俺は自分のやりたいようにやるとはっきり宣言して、彼らをいつも早々に追い出している。

別宅に来たついでとばかりに、愛人の子である一希に親族達がチクリと嫌味を言ったりもするのだが、それに関しても志朗はバカらしいとばかりにあっさり切り捨てた。

「一希の存在に文句があるのなら、まず先に親父に言え。こいつを家に入れたのは親父なんだからな」

親族達をそう言って追い出した後で、一希にも釘《くぎ》を刺すのを忘れない。

「いちいち小さくなるな。おまえはなにも悪くないんだ。もっと堂々としていろ」

そんなことを言う志朗は、いつも少し不機嫌そうな顔をしている。

何度励ましても弱いまま、いくつになっても頼りない一希のことが少し腹立たしいのかもしれない。

（……だって無理だよ。どうしたって強気になんてなれない）

そもそも、自分が統悟の息子だというのが嘘なのだ。

みんなを騙して嘉嶋家に寄生しているという罪悪感があるから、どうしてもおどおどしてしまう。

これぱかりは、きっとこの先もこのままだ。

（何度言っても変わらないって、嫌われなきゃいいな）

少し不安だけど、このことで志朗が不満を零すたびに一希は少し嬉しくなる。

親族達の言動を腹立たしく思ってくれるのは、弟である一希に対して少しは好意を感じてくれている証拠なのではないかと思うから……。

（でも、複雑な気分）

なにもかもすべてが嘘の上に成り立っている関係なのだ。

だから、嬉しいと思った直後に罪悪感で胸が苦しくなる。

嘘がばれたら、それでなにもかもが終わりになるのだと不安になる。

そのせいで、いつも一希の微笑みは長続きしない。

嬉しい、幸せだと思った直後に、自分のついている嘘が脳裏をよぎって口元から笑みを奪っていく。

自業自得とはいえ、やはり虚《むな》しかった。

志朗が九時すぎに帰ってくると聞いたので、一希は九時になると広い玄関ホールのソファに座ってその帰宅を待った。

そして、予告通り九時すぎに帰ってきた志朗を一番に出迎える。

「おかえりなさい」

一分の隙もないパリッとしたスーツ姿の志朗に、一希ははにかんだように微笑みかけた。

「ああ。ただいま。留守中、変わりはなかったか？」

「はい」

ごく自然に差し出された鞄《かばん》を受け取り頷く。

(ちょっと寂しかったけど……)

同じ屋敷で暮らしていても、一緒にいられる時間はごく僅か。

日によっては夕食のときにしか顔を合わせないこともあるが、その程度でも一希にとっては嬉しいことだ。

長期出張のせいとはいえ、十日間も声すら聞けないのはやはり寂しかった。

「志朗さま、おかえりなさいませ。——お食事の前に着替えをなさいますか？」

やがて、少し遅れて志朗の帰宅に気づいた満子が出てきて、いそいそと志朗の世話を焼きはじめる。

母親代わりの満子にはどうしたって勝てないので、一希は一歩離れてそれを見ている。

目の前で繰り広げられる日常の光景に心を和《なご》ませながら……。


「今回のお仕事中、体調に変化は？」

「問題ない」

「それはようございました。向こうでいただいたお食事はお口に合いました？」

「ああ」

「お気に召した料理はありました？」

「特にないな」

「そうですか。もし、もう一度口にしたい料理などがありましたら、いつでも申しつけてくださいね。私共も勉強になりますから」

「ああ、そうするよ」

料理をサーブしつつ話しかける満子に、志朗が言葉少なく応じる。

志朗は元から無口な性質で自分から話をすることがほとんどないし、一希も志朗の邪魔にならないよう普段から必要なとき以外は話しかけないようにしていた。

そんな中、満子だけは無言になりがちなふたりにマイペースで話しかけてくれて、食事の雰囲気を和らげてくれる。

(きっと、志朗さんが子供の頃からこんな風だったんだろうな)

言葉遣いは主人と使用人のそれであっても、場に漂う雰囲気は親子そのものなので、なんだかほんわかした気分になる。

食事をする手を止めて、そんなふたりを眺めていた一希にも、満子は話しかけてきた。

「一希さま、ぼんやりなさってますね。もしかして酔われました?」

「ううん、酔ってないよ」

志朗が今回の東北出張で見つけてきたという小さなワイナリーのワインを、ちょっとだけご相伴に与っていた一希は慌てて首を振る。

「そうですか? 少し顔が赤くなってるように見えますよ。未成年者にお酒はやはりいけなかったのかもしれませんね」

「これぐらい平気だよ。大学じゃ、みんな飲み会とかしてるもの」

「おまえも参加してるのか?」

なにげなく満子に言った言葉に珍しく志朗が反応して、一希はびっくりしてまた首を振る。

「僕は外では飲みません」

「それならいい。二十歳すぎたとしても、自転車を使っているときは飲まないようにな」

「はい」

「あら、自転車でも飲酒運転はいけないんですか？」

「うん。罰金とか取られちゃうみたいだよ」

「金の問題じゃない。危険だから乗るなと言ってるんだ」

「はいっ」

志朗の厳しい声に、思わず背筋がぴっと伸びる。

それでも、心配してくれてるんだと思うと、嬉しくて自然に口元がほころんだ。


「洗い物はこれで終わり？」

夕食後、食洗機では洗えない食器類を丁寧《ていねい》に手洗いしていた一希が聞くと、その隣りで洗い終えた食器を拭いていた満子が頷く。

「ええ。いつも手伝ってくださってありがとうございます」

「どういたしまして」

嘉嶋家の決まり事のひとつに、使用人は主人と同じ屋根の下では眠らないというのがある。

そのせいで京都の本宅には、敷地内に使用人達が暮らす別棟があったぐらいだ。

東京の別宅には別棟がなかったので、引っ越しの際に自分達と同じ屋根の下で暮らすようにと志朗が命じて、満子のための部屋も用意したのだが、ずっと本宅で働いていた彼女はそんなことはできないとどうしても頷かず、引っ越してきた当時は別宅の近くのアパートで寝起きしていた。

他の使用人達も皆通いなので、普段から夕食時に屋敷に残っているのは満子親子と料理人ぐらいなのだが、さすがに今日のように夕食の開始時間が遅くなってしまうと、食事を終える頃には料理人も帰ってしまっている。

そういうとき、少しでも早く満子を帰してあげられるよう、一希も後片づけを手伝うようにしているのだ。

「瑛美さん、今日はひとりで先に帰っちゃったんだ」

珍しいよね？　と聞くと、満子はちょっと心配そうな顔になる。

「急に気分が悪くなったみたいで先に帰らせました。志朗さまがお帰りになるのを楽しみにしてたんですけどね」

「……そうだね」

瑛美は志朗贔屓《びいき》なだけに、ちょっとやそっとのことで早退はしないだろう。

きっとよっぽど具合が悪いに違いない。

「満子さん、早く帰ってあげなよ。後片づけの続きなら、僕ひとりでもできるから」

「そんな……いくらなんでも、一希さまにそこまで甘えるわけにはいきませんよ」

「そんなこと言わないで。僕だって、瑛美さんが心配だし……。瑛美さんの旦那さんは今日も帰りが遅いんでしょう？　具合悪いときにひとりなんて、さすがの瑛美さんだって不安かもしれないし。帰ってあげてよ」

瑛美は一昨年、かつてこの別邸で料理人として勤め、現在は独立して小料理屋を構えている男と結婚した。それを機に二世帯住宅を建てて、満子とも同居しているのだ。

「一希さまが、そこまでおっしゃってくださるのなら……」

やはり娘のことが心配だったのだろう。満子はためらいながらも布巾《ふきん》を一希に手渡し、エプロンを外した。

「そうそう。瑛美から、一希さまに伝言があったんでしたっけ。——明日の朝は絶対に車に乗るように。自転車で通学したら許さないから……とのことですよ」

なにをどう許さないんでしょうね？　と、満子が微笑む。

「……たぶん、前みたいに、小一時間説教されることになるんじゃないかな。瑛美さん、口うるさいし」

「口の悪い子で申し訳ありません。でも、あの子なりに一希さまのことが心配でしょうがないんですよ」

「わかってる。ちゃんと明日は車で大学に行くよ」

（たぶん、怠《だる》くなるだろうし……）

——後で部屋に来い。

食事の前、着替えのために玄関ホールから自室へと向かう途中の志朗に、すれ違いざまそう言われたから……。

「あら、お顔が赤くなってますよ。やっぱり少し酔われてるんじゃありません？」

「そ、そんなことない。気のせいだよ」

いま微かに頬が熱くなっているのは酔いのせいではなく、志朗の声を思い出したから。

満子の前だというのに、つい意識してしまった自分が恥ずかしい。

「ほら、早く瑛美さんの所に帰ってあげてってば」

これ以上追及されたくなくて、一希は、早く早くと満子の背中を押した。

「それではおやすみなさいませ」

「うん。おやすみ」

玄関先まで満子を見送ってから、もう一度キッチンに戻って後片づけを完了させた。

早く志朗の元に行きたくて、気の急くままに身体を洗い準備を整えてから、志朗の部屋のドアの前に立つ。

志朗からはノックは必要ないと言われていたが、さすがにいきなりドアを開けることはできないので、ノックして三秒待ってからそうっと開ける。

「一希か。もう少し待っていろ」

部屋の中に入ると、志朗はまだノートパソコンを開いて仕事中だった。

「はい」

大人しくソファに座ると、目の前のテーブルに並べられたたくさんのビンが目に入った。

（ワインと、ビールもか……）

ラベルを見てみたが、どれも見たことのない酒造メーカーのものばかり。

（今度はこういう小さな酒造の応援もしてあげるのかな）

ラベルを眺めていると、仕事を終えて歩み寄ってきた志朗にひょいっと取り上げられた。

「今回行った先が酒造りが盛んな地域で、気が向いたら紹介してくれとあちこちで押しつけられてきたんだ」

試飲してみるかと聞かれたが、お酒の味はわからないので止めておきますと首を横に振る。

（仕事の話……嬉しいな）

今どんな仕事をしているのか、出張先でどんな取引先と会って来たのか、一希は志朗のことならなんでも知りたい。でも口数が多いほうじゃない志朗にあれこれ質問するのは迷惑だろうし、鬱陶《うっとう》しいと思われそうなので普段は自分から聞くのは我慢している。

だから、ごくたまに、こんな風に志朗のほうから話を振ってもらえるのは凄く嬉しかった。

「あ、じゃあ、これからはお酒も取り扱うんですか？」

少しでも話を長引かせようと質問する一希に、「いや、食品類には手は出さない」と志朗が答える。

「だが、なかなかいい出来のようだから、販売ルートの紹介ぐらいはするつもりだ」

志朗は手に持っていたビンをテーブルに置いた。

「待たせて悪かったな」

「……いえ」

来いと言われて、一希はソファから立ち上がった。

（もうお話は終わりか……）

ここからは、いつからか習慣になったふたりだけの秘密の時間だ。

少しだけがっかりして、それ以上に胸を高鳴らせながら、一希は先に立って続き部屋になっている寝室のドアを開けた。

手探りで灯りをつけると、そのままベッドの前まで行って、自らパジャマのボタンをひとつひとつ外していく。

抱かれるために寝室に足を運び、自ら服を脱いで裸になる。

今まで何度も繰り返したことだが、それでも一希はこの流れがどうしても苦手だ。

この身体で志朗が見ていない場所なんてもうどこもないけれど、それでも明るい部屋の中で裸になるのは恥ずかしいいし、自分から進んで服を脱ぐのははしたないとも思う。

そんな気持ちを必死に押し殺しているのは、これがふたりの間ですでに習慣化していて、しかも自分のほうから望んではじめたことだから。

(……ためらったら駄目だ)

志朗は、一希が自ら積極的に志朗を誘ったのだと思っている。

自分で誘っておきながら、恥ずかしがったりためらったりしては、きっと変に思われるに違いない。

だから、いつも平気なふりで志朗の前で服をすべて脱ぎ捨てる。

それから一連の流れを黙って眺めている志朗に向き直る。

「志朗さん?」

志朗に気に入ってもらえているこの顔が少しでも綺麗に見えるよう、薄く微笑んで誘うように呼びかけると、やっと歩み寄ってきてくれた志朗の手が頬に触れた。

いつも一希は、その手の温もりにほっとする。

羞恥心《しゅうちしん》から少し緊張していた身体から力が抜けて、安心して目を閉じることができる。

そして、志朗の唇が触れるのを、今か今かと心待ちにするのだ。

志朗は、はじめての夜に一希の身体に傷をつけてしまったことを後悔しているようだ。

がっつくように身体を開いた自分を未熟だと感じたか、その余裕のなさを恥じたのか、あれ以来二度と同じ失敗は繰り返さないとばかりに、一希の身体が馴れるまで執拗《しつよう》なほどの前戯を施すのが常だ。

「……ん……あ……もう、充分ですから……」

何度も夜を重ねたお蔭で、一希も今ではすっかり抱かれるのに馴れてしまっているし、身体を開くコツみたいなものもわかっている。

そこでの快感を覚えてしまった身体は、簡単な前戯だけでもう蕩《とろ》けるように熱くなってしまう。

志朗の長い指で中を押し広げられ、いいところを刺激されて、はしたないことにひとりで何度も達《い》ってしまうこともある。

（も、おかしくなる）

それが嫌だから、恥ずかしさを堪《こら》えながら早く欲しいと何度も伝えるのだが、志朗は聞いちゃくれない。

「もう少し我慢しろ」

そう言って、自分の気の済むまで前戯を続ける。

（意地悪……してるわけじゃないんだよね）

ただ頑固で、ひたすらマイペースなだけ。

一希としては、先にひとりで達ってしまうことが恥ずかしくてたまらないのだが、それを訴えてもやっぱり聞いちゃくれない。

「あ……だめ……そこ、触らない……で。――……あっ」

後ろを探られているうちに、すっかり張りつめていたそれを志朗の手がきゅっと握り込んで軽く擦《こす》り上げる。

達きそうなのを必死で我慢していた一希は、ただそれだけの刺激であっさり放ってしまっていた。

前戯の段階で、こんな風にひとりで先走ってしまう自分が一希はもう嫌で仕方ない。

（ああ、もう……だから触らないでって言ったのに……）

何度も繰り返していることなのに、いつまでたっても我慢できず、未熟なままの自分が恥ずかしい。

「なにも泣くことはないだろうが」

「そんなこと言われても……」

恥ずかしさからじわっと涙を浮かべた一希を見下ろして、志朗が小さく笑う。

（……笑顔、久しぶりだ）

長く一緒にいるけれど、志朗の微笑みが見られるのはかなり稀《まれ》なことだ。

ビジネスの席などでは一応儀礼的に微笑むらしいが、実生活ではまず滅多に微笑まない。

普通の人達のように挨拶代わりに笑みを浮かるようなことは決してせず、本当に自分が楽しいと感じたときにのみ、ほんのちょっと微笑む程度なのだ。

(今の、面白かったのかな)

自分の未熟さを笑われたようでちょっとがっかりだが、でもそれ以上に志朗の微笑みを久しぶりに見れて嬉しい。

一希は涙を滲ませたままの目で、志朗の口元に浮かんだ笑みに見とれた。

「もう我慢できないか?」

じっと見つめるその視線が気になったのか、志朗の手が頬に触れ、親指で涙をぬぐってくれた。

頷くと、覆い被さってきてそのまま深いキス。

太股《ふともも》を撫で下ろし、膝裏を抱え上げようとする手の動きを感じながら、一希はこの先の行為を期待して、両腕を伸ばして志朗の逞《たくま》しい背に手を這《は》わせた。

と、不意に志朗の手が太股をぐいっと摑む。

今までなかった不自然な動きに、一希はびっくりした。

「どうしたんですか?」

「以前より、足に筋肉がついたようだな」

その指摘に一希はギクッとした。

「自転車に乗ってるせいかも……」

最初の頃に比べるとペダルを漕ぐのも随分と楽になったし、自分でも脚力が強くなったように感じていた。

自分で自分の身体を男らしくするなんて失敗だったかもと怯える一希に、志朗が言う。

「自転車を許可したのは正解だったな」

「……本当に？」

「ああ。おまえは華奢すぎる。もっと鍛えてもいいぐらいだ」

そんな志朗の言葉に一希はほっとしたが、すぐに違うことが気になって不安になる。

（でも、今のって兄としての言葉なのかな？）

ひ弱そうに見える弟が、もっと頑丈になればいいと……。

その場合、ベッドの相手としての価値が下がった可能性もある。

どっちなんだろうと気になったが、それでも志朗が一希の身体の変化を喜んでいるのは確かだから、その希望は叶えなければならないと思う。

「じゃあ、もっと筋肉がつくよう努力してみます」

生真面目に頷くと、志朗はまた薄く笑った。

（志朗さん、今日は随分と機嫌がいいみたい）

今回の出張での仕事が順調だったことに充実感を覚えているのかもしれない。

志朗の喜びは、そのまま一希の喜びだ。

つられるように一希が微笑むと、志朗の手の平が頬を包み、薄く微笑んだままの志朗の唇が唇に重なった。

再び膝裏を抱え上げられて、今度こそ待ち望んだものがそこにあてがわれる。

負担にならないよう、ゆっくりと押し込まれていく熱に思わず甘い吐息を漏らしながらも、一希は微かな胸の痛みを覚えていた。

(そんなに優しくしてくれなくてもいいのに……)

やがて一希の身体を熱に馴染ませるように、志朗はゆっくりと動き出す。

その動きに応えるように、一希の身体も中で感じる熱を逃すまいとしてうねるようにきつく包み込む。

セックスに対する好奇心も知識もないままにはじめて抱かれたあの夜から、一希の身体は誰に教わることもなく喜びを感じる術を知っていた。

志朗の肌に触れ、その体温を直に感じられるだけでもう充分。

ただそれだけのことで一希の身体には喜びを感じるスイッチが入ってしまう。

志朗に誤解されるままに自ら誘ってしまったあのときから、一希は自分を弟だと思っている志朗に禁忌を犯させているようなものだ。

それを思えば、優しくしてもらえるだけの価値は自分にはないと思う。

「……ん……志朗さん、もっと……強くしても平気です」

なんだか切なくなって一希がそう告げると、志朗は動きを止めて顔を覗き込んできた。

「こんなのじゃ物足りないか？」

志朗にしては珍しくからかうような口調だった。

一希はふわっと頬を赤らめる。

「そ、そういう意味じゃないです。……僕じゃなく、志朗さんが物足りないんじゃないかと思っただけで……」

「余計な心配だ。こうしておまえに包まれているだけでも、俺は充分に楽しめている」

「……あっ」

耳元にキスしながらそう囁かれて、ぞくぞくっと背筋に甘い痺れが走った。

と同時に、そこがきゅうっとすぼまって、無意識のうちに志朗を締め上げてしまう。

その刺激に耐えるかのように、志朗は一瞬息を詰め、僅かに唇の端を上げた。

「じっとしているだけでこれだからな。油断するとあっという間に持っていかれそうだ」

その微笑みに、一希の胸は、きゅっと締めつけられるように甘く痛む。

（……触りたい）

僅かな笑みを浮かべた、あの唇に……。

指先で薄い唇をなぞり、唇で直接その柔らかさを感じたい。

一希は、無意識のうちにゆっくりと腕を持ちあげた。

が、視界の隅に自らの手を認めた途端、腕の動きを止めて、きゅっと手を握り込む。

(これは駄目だ)

一希には、志朗を恋するあまり、こんな禁忌の関係に引きずり込んでしまったという負い目と罪悪感がある。

だからこそ、この関係には線引きが必要だと思っていた。

志朗とは身体だけの関係で、誘われればいつでもどんなときでも喜んで応じるけれど、こちらから求めるような真似はしないと……。

あくまでも自分は性欲処理のための玩具なのだ。

望まれてスイッチを入れられたときだけ動くが、自分の気持ちのまま動いたりはしない。

自らの恋情に突き動かされるまま行動して、志朗に触れるだなんてことは許されない。

(……恋してるって、気づかれたら困るし……)

気づかれたりしたら、身体だけの関係と割り切っている志朗を困らせてしまうだろうし、その気持ちが重すぎれば、この関係を終わらされてしまいかねない。

一希は、きゅっと握り込んだ手を、力なくシーツの上にパタンと落とした。

と同時に、そんな一希の一連の行動を上から見つめていた志朗の眉間《みけん》に、不機嫌そうな皺《しわ》が寄る。

「志朗さん?」

ついさっきまでとても機嫌がよさそうだった志朗のこの表情の変化に、一希は戸惑って問いかけるように名を呼んだ。

が、志朗はそれには応じず、シーツに落ちた一希の手首をギリッと掴む。

「……っ」

「動くぞ」

微かな疼痛《とうつう》に呻く一希の耳元で、志朗が囁く。

「──あっ！　……んあ」

頷く間もなく強く突き上げられ、その衝撃に思わず声が漏れる。

激しい動きにずり上がった身体を腰を掴まれ引き戻され、続けざまに強く穿《うが》たれ、揺さぶられて顎が上がる。

甘いだけのぬるい愛撫《あいぶ》に焦《じ》れていた一希の身体は、嬉々としてその激しさを受け入れた。

「一希、気持ちいいか？」

「ん、いい……すごく……。あっ……志朗、さん……」

耳元で聞こえる低い声に、ぞくぞくっと身体が甘く震える。

熱い律動に身も心も蕩けていく。

頭の芯から甘く痺《しび》れるような快感が一希から思考する能力を奪い去り、ただもう志朗から与えられる喜びを貪《むさぼ》ることしかできなくなる。

「……あ……んあっ……志朗さん、もっと……」

不安も罪悪感も今は遠い。

一希は、まさに我を忘れて恋しい人の肩にしがみつき、この甘い喜びに酔いしれた。

☆

事が終わった後の甘いまどろみから目覚めてすぐ、一希はベッドサイドの時計に慌てて目を向けた。

(……よかった。そんなに時間経ってない)

隣りで眠る志朗を起こさないよう、そうっとベッドから出て、脱ぎ捨てたパジャマを手に取る。

「朝までいてもいいんだぞ」

不意に志朗から声をかけられ、条件反射的にビクッとした。

「あ……ごめんなさい」

起こしちゃったのかと思って謝ったら、「謝るな」と少し不機嫌そうに言われた。

「まだ寝てなかっただけだ。——まだ怠いだろう。ここで寝ていけ」

普段なら志朗の指示に素直に従うところだが、この場合はどうしても頷けない。

「いえ。寝坊しちゃったらまずいですし……」

「そんなこと気にしなくていい」

戻れと言われたが、一希はその場で首を横に振った。

「僕は気になるんです」

うっかりこの部屋で寝すごしたりして、早番の使用人からふたりの関係に気づかれるようなことがあってはならない。

なんと言われようと、志朗の迷惑になる事態だけは避けたい。

「おまえは変なところで頑固だ」

急いでパジャマを身につける一希を眺めながら志朗が呟いた。

「ごめんなさい」

「謝るな。――こうして見ると、上半身はまだまだひ弱だな」

「そうですか？　以前よりは、しっかりしてきたように思うんですが……」

なんとなく自分の身体を見下ろしながら答えたら、全然だと言われた。

（そりゃ、志朗さんに比べたらひ弱だろうけど……）

同年代の大学生達の中に混ざってしまえば、みんなひょろっと細長い感じだから、さして遜色《そんしょく》ないような気がする。

「自転車だけじゃなく、もっと他のスポーツもやってみたらどうだ。将来的なことも考えて、そろそろテニスかゴルフあたりを少し齧《かじ》ったほうがいい時期だしな」

「テニスにゴルフですか……」

どっちも敷居が高いなと思っていると、「乗馬でもいいぞ」と志朗がこともなげに言う。

「どれも齧ったことすらないので、ちょっと気後れします」

大学にそれらのサークルもあるのだろうが、余計なトラブルをもらいかねないから、その手の活動に関わるのは正直億劫《おっくう》だ。

それでも、志朗の指示にはできる限り従いたい。

悩む一希に、「俺が教えてやる」と志朗が言う。

「志朗さんが？」

「ああ。俺も最近仕事ばかりで、少し身体がなまっているからちょうどいい」

「そういうことなら、よろしくお願いします」

（どうしよう、嬉しい！）

スポーツを教えてもらえるってことは、志朗と一緒にいられる時間が増えるってことだ。

思いがけない幸運に、一希は心の中で小躍《こおど》りした。

「ああ。どれをやりたい？」

「どれでも」

一希は、志朗の気が変わらないうちにと、珍しく間髪を容れずに答える。

「……あ、でも、志朗さんも楽しめるスポーツがいいです」

「それならゴルフだな。おまえ用の道具を用意させるから少し待っていろ」

「はい。楽しみにしてます。——じゃあ、おやすみなさい」

一希は素直に頷くと、軽く頭を下げてから、怠い身体にむち打って急いで志朗の寝室から出た。

(志朗さんとゴルフ……)

やったことはないけれど、長時間かけてゆっくりグリーンを移動するスポーツだってことぐらいは知っている。

もしかしたら丸一日志朗と一緒にすごせるかもしれない。

それを思うと、自然に口元に笑みが浮かんでくる。

(志朗さん、将来的なことを考えてって言ってたな)

嘉嶋家の次男として生きるのならば、その手のスポーツの素養は必要な技能のひとつだってことなんだろう。

でも一希は偽物だから、本当はそんな技能を身につける必要なんてないのだ。

後悔と罪悪感が自然に胸に満ちていって、嬉しい気持ちがすうっと萎む。

(……これぱっかりはしょうがないか)

喜びが長続きしないのは、今の生活が嘘の上に成り立っているから。

なにもかも自業自得だ。

（本当は、志朗さんの言葉にもっと甘えたいんだけど……）

志朗の言葉に素直に頷いて、朝まで普通の恋人同士のように志朗に寄り添って眠れたら、どんなにか幸せだろうと思う。

だが、それはしちゃいけないことだ。

人に知られては困る禁忌の関係に志朗を引きずり込んだのは自分なのだから、せめてふたりの関係が誰にも気づかれないよう気を遣わなければいけない。

決して甘えていい立場じゃない。

一希は自分の部屋に戻ると、シャワーも浴びずにそのままベッドに潜り込んだ。

（……志朗さんの匂いがする）

志朗の残り香に包まれながら、自分で自分の身体をぎゅっと抱き締める。

このまま眠ったら、志朗の腕に頬を寄せて、その体温を感じながらうとうととまどろむ幸せな夢を見られるのではないかと期待しながら……。

3

一希《かずき》がバイトに興味を持ちはじめたのは、大学に通うようになってからだ。

大学ではなるべく誰《だれ》とも親しくならないようにしているが、それでも回りにいる学生達の会話は自然と耳に入る。

それで、どうやらかなりの数の学生達がバイトをしていることを知った。

（バイトか……）

嘉嶋《かしま》家に引き取られてから、お金に不自由したことはない。

毎月きちんと瑛美《えいみ》経由でお小遣いを渡されていたし、それ以外にも、大甘な統悟《とうご》が一希名義の口座を開いてくれて、自由に使いなさいとそこにまとまった金額を定期的に振り込んでくれている。

もちろん、通帳のお金には一度も手をつけていない。

記帳するたびに増えていく金額を見るのが怖くて、最近では引き出しにしまいっぱなしにしているぐらいだ。

この通帳のお金は、統悟が自分の息子のために振り込んだもの。

なにがあろうと、決して偽物の自分が使ってはいけないお金だ。

だから、いつかすべてを打ち明けて嘉嶋家を出るときに、そのまま返すつもりでいる。

(家を出るとなったら、自由に使える自分のお金が必要なんだ)

働くにしても、その前に最低限の衣食住は確保しなければならない。

嘉嶋家のお金を使うわけにはいかないから、そのためのお金は自分で用意すべきだろう。

とはいえ、志朗《しろう》や瑛美にバイトをしたい理由を説明することはできないし、どんな理由をこじつけようともバイトなんて絶対に許してもらえないだろう。

そうなると、みんなに内緒でできるバイトを捜さなければならないし、当然バイトできる時間も限られてしまう。

ほとんど友達づき合いをしてないことはばればれなので、学校帰りは無理。

夜にこっそり抜け出すにしても、いつ志朗に声をかけてもらえるかわからないし、外出していることがばれても困るので、なかなか厳しい。

どうしたらいいだろうかと悩んでいたときに、その出会いは訪れた。

それは珍しくひとりで買い物に行った日のこと。

立ち寄った珈琲ショップで一希がのんびり休憩していたときに、妙齢の派手な美女が相席を頼んできたのだ。

最初は断ろうと思ったが、店内は混み合っていて空席はほとんどない状態だった。

女性が妙に強気なこともあって、押しに弱い一希が渋々相席を認めると、彼女は椅子《いす》に座るなり話しかけてきた。

「ねえ、凄《すご》く割りのいいバイトがあるんだけど。興味ない？」

「バイト……ですか」

いつもなら、見知らぬ人からのこんな唐突な申し出に反応することなどないのだが、ちょうどそのことを考えていたせいでうっかり興味を示してしまった。

沙耶《さや》と名乗った女性は、そこにすかさず食いついてくる。

「私ね、会員制の高級バーの雇われ店長をやってるの。君みたいな子にフロアで働いてもらえると凄く助かるんだけどな」

「フロアって、ウエイターですよね？」

「ええ、そうよ」

「それなら、お断りします」

志朗達には内緒にしたいから、人前にこの目立つ顔を晒《さら》すようなバイトはどうしたってできない。

一希はさっくり断ったが、沙耶はなかなか諦めてくれなかった。どういう条件なら働いてくれるのかとしつこく聞いて食い下がってきたので、一希は仕方なく条件を提示した。

曰《いわ》く、働けるとしても不定期で月に十日未満、時間もせいぜい四時間程度で、もちろん不特定多数の客の前にこの顔を晒すような真似《まね》はしたくないと……。

この顔を集客に利用できると見越してのスカウトだと思ったし、それならばこんな無茶な条件では頷くはずもない。

これで諦めてくれるだろうと思ったのだが、驚いたことに沙耶は即座に頷いた。

「それで全然ＯＫよ。まだ開店前の時間帯なんだけど、今からちょっとだけお店を見に来てくれない？　いかがわしいお店じゃないってわかってもらいたいし」

お願い、と拝み倒され、断り切れずに同行した店は、確かに高級感溢《あふ》れる店だった。

高層ビルの最上階近くで、夜になれば窓からは綺麗な都会の夜景が見えるのだろう。広い店内は実にゆったりとしていて、客席同士の間隔も広く、奥まった場所にはステージらしきちょっとした段差があり、ピアノやマイクまで配置してある。

「ホントはこのフロアで働いて欲しかったんだけど、それは嫌なのよね？　だからね、あっちの調理場で働いてくれないかな」

「調理場？」

沙耶が指差した場所は、たぶん特注なのだろう、天井まであるワインセラーだった。

「よく見て、今は照明が消えてるから見えにくいだろうけど、セラーの奥が調理場なの」

言われてよくよく見てみると、天井まであるワインセラーは全面が硝子製《ガラスせい》で、その奥に確かに調理場らしきスペースがあった。

「ワインセラー越しに少しだけ客席から見えちゃうけど、背面のオリーブ色の硝子には手作り風の加工を入れて少し歪《ゆが》ませてあるから、さほどはっきりとは見えないわ。これぐらいならいいでしょ？」

「いや、でも……」

「バイト代、弾むから」

少しでも顔を見られるのは嫌だなと断るつもりだったのだが、大学生のバイトとしては破格すぎる金額を具体的に示されてグラッと心が揺らぐ。最終的に、バイト中は偽名を使わせてもらえるならという条件をつけ加えて、手打ちとなった。

ちょうどその頃は、自転車での通学準備を進めていたところだったので、バイト先への移動手段も問題なかった。面白がった沙耶が考えてくれた神崎聖士《かんざきせいじ》という偽名を使い、細い眼鏡に髪を軽く撫《な》で上げるというちょっとした変装までして、一希はバイトをスタートさせた。

あれから半年、今のところなんとか順調にバイトは続いている。

ただワインセラー越しなら、この顔に注目されることもないだろうという考えが甘かったと後悔はしているが……。

（……ああ、また見られてる）

レジに向かう通路に、ほんの少しだけ調理場が覗《のぞ》ける一画があって、そこから一希の存在に目敏《めざと》く気づいてしまった客がけっこういるのだ。

そのせいで調理場にスレンダーな美形の眼鏡男子がいると密かに評判になってしまい、ここ最近、ワインセラーの前のテーブルは一部の女性常連客達の人気席になってしまっている。

沙耶から聞く話では、揺らぐ硝子越しに垣間見える姿に妄想をかき立てられるとか、チラ見の美学だとか言われているらしい。

ついでにいうと、一希のバイトが不定期で、いつ遭遇できるかわからないのも、レア感があっていいのだとか。

正直、一希にはよくわからない世界なのだが、「セラー前って以前は不人気席だったのよ。それが今じゃ窓際と並ぶ人気予約席なんだから、聖士くんのお蔭ね」と、読みが当たったと沙耶はホクホク顔だ。

（こんなので大丈夫なのかな？）

高いバイト代に見合うぐらいに役に立っているのか微妙に不安だったが、それでもお金を貰《もら》っている以上はできることをやるしかない。セラー越しに向けられる視線は気にしないようにして一希は真面目に働いた。

最初のうちこそ一希のことをイロモノ扱いしていた調理場の人達も、真面目《まじめ》に働く一希に対して徐々に好意的になってきて、少しずつバイト中の居心地もよくなってきている。

（それもこれも、偽名を使っているからだけど……）

嘉嶋家の名前を出さずにいられるから、一希も変に気負うことなく、向けられる好意を素直に受け取ることができる。

思いがけず、息抜きの場を得られたようで少し嬉しい。

「聖士くん、ちょっといい？」

いつものように調理場でワイングラスの仕上げ磨きをしている一希に、フロアで働いている女性が声をかけてきた。

「なにか？」

「今レジの所にいるあのお客さん、君の友達なの？　もしそれが本当なら、少しサービスしてあげるけど」

そう言われてレジ付近を覗き見た一希は、こっちに気づいて手を振る人の姿に心底驚いた。

それは、大学で散々見慣れてしまった顔だった。

（な、なんで、真田《さなだ》くんがここに？）

ここは高級な会員制バーで、普通の大学生が出入りできるような店じゃない。

だからこそ、この顔を知る人に会うリスクも少ないだろうと安心していたのに……。

（まずいことになった）

とはいえ、不器用な一希はとぼけることすら思いつかず、素直に彼が知人だと認めた。

そして、ちょっとだけ抜けさせてくださいと調理場の人に頼むと、店を出て行った真田を慌てて追いかける。

エスカレーターを降りてビルを出た歩道で、真田を見つけて声をかけた。

「真田くん！　ちょっと待って」

「よう、聖士。サービスありがとな」

にんまり笑う真田の両脇《りょうわき》には少し年上の女性がふたりいて、「近くで見ても綺麗《きれい》ねぇ」と、大はしゃぎで一希の顔をかぶりつきで見つめてくる。

「あの……ちょっとだけ、こっち来て」

その露骨な視線にいたたまれなくなった一希は、真田の腕を摑《つか》んで、ふたりの女性から少し離れた所に移動した。

「さっきの店で、僕の本名出した？」

「いや。言う前に、『聖士くん』って名前を耳にしたんで、とりあえず黙ってた。そういう格好もけっこういけてるな」

「そう……かな？」

白いシャツに黒の蝶《ちょう》ネクタイとスラックス、少し長めのカフェエプロン、すべて店側から渡された制服だ。

「ああ、似合う。眼鏡のせいで、普段より冷たそうに見えるのはいただけないけどさ。――わけありバイト？」

「……うん。ここでバイトしてること、家の人やみんなには知られたくないんだけど……」

「言うなってんなら、黙ってるさ」

「ありがとう。あの女性達にも、大学名とか一応口止めしてくれる？」

「ああ、それは大丈夫。あの人達とはさっき知り合ったばっかりで、俺《おれ》も大学名とかは教えてないし」

逆ナンされて、お金持ちのお姉さんふたりに奢《おご》ってもらっていたところなのだと、真田はこともなげに言う。

（逆ナンかぁ）

真田はそこそこイケメンだし、それ以上に話しかけやすい明るく気さくな雰囲気の持ち主だ。

ひととき一緒に楽しく酒を飲むための話し相手としてはきっと理想的なんだろう。

「ありがとう。……変なこと頼んでごめん」

「気にするなって。これでおまえの弱みを握れたんだ。俺としちゃありがたいぐらいだ。

——さ～て、どうやって、この恩を返してもらおうかな？」

にやりと笑われて、一希はぞっとした。

「あ、あの……」

もしかしたら自分はとんでもない失敗をしてしまったのだろうか。

生来臆病《おくびょう》な一希が、びびって一歩後ろに下がると、真田は慌ててホールドアップするみたいに両手を上げた。

「冗談だ。マジにとるな。脅したりしないって」

「あ、うん。……疑ってごめん」

「いいさ。――でも、この程度でびびるんなら、秘密のバイトなんてやめときな。どうしたっておまえは目立ちすぎるから、変な奴《やつ》に目をつけられたらことだろ？」

目をつけられた挙げ句、大学や家を突き止められてストーカーされる危険性とか、ちゃんと考えてるか？　と指摘されて一希は思わず俯《うつむ》いた。

まるで、叱られた子供みたいにしょんぼり俯いているその姿に真田が小さく笑う。

「考えてなかったみたいだな。まあ、俺が口を出すことじゃないが、もうちょい危機回避について検討しといたほうがいいぞ」

じゃあな、と軽く一希の肩を叩《たた》くと、真田は女性達ふたりの元に戻って行った。

（それもそうか……）

なんとなくここまで順調にバイトできていたから、真田が指摘するような危険にはまったく無頓着《むとんちゃく》だった。

実際問題、一希が去年まで通学に自家用車を使っていたのだって、小学生の頃に何度か不審者に後をつけられたことがあったからだ。

あのときは志朗に相談して助けてもらったけど、今回はバイト自体を秘密にしているから、なにかあっても相談できない。

（ちょっと考えが甘かったかな）

店へと戻ろうと、しょんぼりしたまま俯き気味に方向転換して歩き出す。

だがちゃんと前を見ていなかったせいで、前から来た歩行者とすれ違いざまにうっかりぶつかってしまった。

「気をつけろ」

「す、すみません」

肩をぶつけた男が怖い声でそう言うのに、一希は小さくなって謝った。

そのまま通りすぎようとしたのだが、「おい、ちょっと待て」といきなり二の腕を摑まれて引き止められる。

（うわ、どうしよう）

もしかして、まずい相手にぶつかってしまったのだろうか？

一希が怖くて顔を上げられずにいると、まだ立ち去っていなかったのか、少し離れた場所から真田の呼ぶ声が聞こえた。

「おい、聖士！」

駆け寄ってきてくれて、男との間に割って入ってくれる。

「大丈夫か？」

「あ、うん。……ありがとう」

「聖士？　一希じゃないのか？」

顔を上げて真田に礼を言った一希の顔を、怪訝《けげん》そうに男が覗き込んでくる。

「は？　この人、おまえの知り合い？」

「え？」

一希は、おそるおそる自分がぶつかった男の顔を見た。

そこにいたのは、三十代後半ぐらいの男性。

ちょっとすれた雰囲気のある彫りの深い顔立ちと、少し垂れ目がちなその顔には見覚えがあった。

「あ……もしかして、相馬《そうま》さん？」

かつて、母の最後の恋人だった男。

母の歴代の恋人達の中では、一番長く一希達親子と一緒に暮らしていた人でもある。

小学校入学当時のトラブルの件で助言してもらったせいもあって、母の恋人達の中では一番親しみを感じていた。

「やっぱり一希か。大きくなったな」

元気だったか？　と昔のように大きな手で髪をくしゃくしゃ撫でられた。

「ちょ、セットが崩れちゃうから」

慌ててガードしつつも、懐かしいその仕草に一希はなんだか胸が熱くなった。

知り合いだとわかって安心したのか、真田は少し離れた所で心配そうにこっちを見ていた女性達の元に戻って行った。

バイト中ですぐに戻らなければならなかった一希は、もし時間があるならバイトの後にでも少し話そうと言う相馬の誘いに喜んで頷《うなず》いた。

やがてバイトが終わり、教えてもらった携帯に連絡してから、指定された店へと向かう。

（……ここでいいんだよな）

一希がバイトしている高級なバーとは違い、そこは細い路地に面した小さなバーだった。縦に細長い作りで、テーブル席を挟んだ奥のほうには、ダーツボードやビリヤード台等が見えている。

（なんだか、暗い感じの店だ）

いつも上品な客ばかりを相手にしているから余計そう感じるのかもしれないが、店に入った瞬間に鼻をつく煙草《たばこ》の香りや、こっちを不躾《ぶしつけ》に眺める常連客らしき人達の雰囲気から、あまりよくない印象を受けた。

「一希、こっちだ」

呼ばれて振り向くと、相馬はカウンター内にいた。

「相馬さん、ここで働いてるの？」

「まあな。なにしろ、ここは俺の店なんで」

「あ、そうなんだ」

暗い感じの店だと感じたことに罪悪感を覚えながら、得意そうな相馬に、凄いねと一希は微笑みかけた。

なにか飲むかと聞かれたので、ノンアルコールのものをと頼む。

「まだギリギリ二十歳になってないんだっけか？」

「うん。それに、今日は自転車だし」

「随分な真面目っ子に育ったもんだ」

相馬は笑いながら、ジンジャーエールを出してくれた。

「香里《かおり》はどうしてる？　あいつもそろそろアラフォーだろ。ちょっとは落ち着いたか？」

相馬が懐かしそうに聞いてくる。

（そっか……。相馬さん、母さんのこと、まだ知らないんだ）

母と別れて以来、一度も会っていなかったのだからそれも当然だ。

「あのね、相馬さん。母さんは十年前に死んだんだ」

「死んだって……。ホントに？」

「うん。急性の白血病で……」

「そうか、死んでたのか……」

相馬は少し悲しげな表情で目を伏せ、ただ深い溜め息《た》をつく。

母の死を純粋に悲しんでくれる人がいることが嬉《うれ》しかった。

「香里が死んでから、おまえはどうやって生きてたんだ？」

「父親が引き取ってくれた」

「父親？　香里は結婚したことなかったよな？」

「うん。……母さん、昔、愛人してたことがあったんだって……。それで僕が生まれたときに、父が僕を認知してくれたんだ」

「もしかして、嘉嶋って人か？」

「知ってたんだ」

「香里の生活費の出所だったからな。そうか……あれはおまえのための金だったのか」

「うん、養育費」

（そう、あのお金は、愛人としてのお手当じゃなかったはずだから……）

統悟の存在を知った当時はまだ子供だったから、複数の恋人を作っていた母が愛人である統悟を裏切っていたのだと思い込んで嫌な気分になったりもしたが、今ではそれも誤解だと理解している。

京都と東京とに離れて暮らしている段階で、母と統悟の愛人関係はすでに終わっていたはずなのだ。

だから、愛人としてではなく、一希を育てるためだけにお金を貰っていたのだろうと……。

「おまえも色々と大変だったんだな」

「うん、まあ……そうだね。でも、父や兄がとてもよくしてくれたから大丈夫だったよ」

「そうか？　じゃあなんで、バーでバイトなんかしてるんだ？」

「あのバイトは、僕がみんなに内緒でやってることだから……。本当になに不自由なく恵まれた生活を送らせてもらってるんだ」

「ならいいが……。大学は？」

「行ってる」

志朗に憧《あこが》れて入学した、日本の最高学府と言われている母校の名を告げると、相馬は「そりゃ凄い」と驚いたように目を見開いた。

「香里もあっちで喜んでるだろう。あいつ、なにがなんでもおまえを大学まで通わせなきゃって必死だったからな」

「うんうん、そうだったよね」

他のことでは激甘なのに、そこだけは妥協する気がなかったかつての母を思い出して、一希は苦笑する。

「学歴コンプレックスとか持ってるタイプじゃなさそうだったのにね。――相馬さん、母さんからなにか聞いてない？」

「理由までは聞かなかったな」

息子を出世させたかっただけなんじゃないかと、相馬が微笑《ほほえ》む。

「そっか。相馬さんは、あれからどうしてたの？」

「あ～、俺はあの後、ホストやったり、雇われ店長やったり……。まあ、水商売系を転々として、なんとかこの店を手に入れたってところだな」

「そう……。――あのさ、変なこと聞いてもいい？」

「なんだ？」

「相馬さん、あのとき急にいなくなったよね？　前日までは普通に仲良くやってたのに……。なにがあって、母さんと別れることになったの？」

この質問は、当時、母にも何度かした。

相馬とはけっこう長く一緒に暮らしていただけに、急にいなくなったことが寂しくてならなかった。せめてその理由を知りたいと思ったのだが、母は誤魔化《ごまか》すばかりで答えてはくれなかったのだ。

「消える前日、香里にプロポーズしたんだ」

「……え、あ、そうだったんだ」

「あいつには本気で惚《ほ》れてたし、おまえも可愛《かわい》かったしな……。三人家族になりたいって本気でプロポーズしてみたんだが、あっさり玉砕だ」

「母さん、断ったんだ」

「ああ。恋人ならいいが夫は無理だって言われた。それは、おまえの実の父親のための場所だからって」

「……母さんらしい」

一希を溺愛《できあい》していたのだって、その面差しを残してくれた人生最愛の人を思えばこそだったのだろうから……。

「でも、ちょっと残念だな」

「そう思ってくれるか？」

「うん。……あの頃の僕にとって、相馬さんはすでに父親みたいな存在だったからね」

友達がいなかった分、相馬がいい遊び相手になってくれていた。

鉄棒の握り方や自転車の乗り方はもちろん、キャッチボールをはじめて教わったのも相馬からだったような気がする。

「嬉しいよ。ありがとな」

カウンター越しに伸びた手が、髪をくしゃくしゃと撫でる。

（もしも母さんがプロポーズに応じてくれていたら……）

少なくとも、嘉嶋家の子供として育つことはなかっただろう。

それを思うと、やはり少し残念な気持ちになった。

翌日、少し寝不足気味で講義が終わってもぼんやり椅子に座り続けていた一希は、いきなり肩を叩かれてビクッと大きく震えた。

見上げると、同じようにびっくりした顔をしている真田がいる。

「なにビビッてんだよ。おまえ、けっこう小心者だよな」

「ほっといて。――で、なんの用？　飲み会の誘いなら断るけど」

「いや、今日はそっちじゃなくてさ。昨夜、一緒にいたお姉さん達からの伝言があってさ」

真田は一希の隣りに座った。

「……なに？」

「あの男とはあんまり親しくしないほうがいいんじゃない？　だってさ」

「あの男？」

「だから、昨夜、おまえとぶつかったあの男だよ。あのお姉さん達、あの男のことを知っててさ。あの後、おまえに忠告しといてくれって色々聞かされてきたんだよ。あの近辺で飲み歩くことが多いみたいで、あの男のバーにも以前はよく通ってたんだってさ」

「あの人達が？　昨夜、遊びに行ったけど、女性客が好んで行きそうな雰囲気じゃなかったような気がするのに……」

「マスターが色っぽい美形のバーテンダーだってんで、開店当時は女性客が多かったらしいぞ。でも徐々に変な客が混ざり出して、それで自然に足が遠のいちゃったんだとさ」

「変な客？」

「開店資金を出してくれた先が、ヤバイ筋なんじゃないかって彼女達は噂《うわさ》してたな」

「そうなんだ」

（そういう噂があるんなら、客足も遠のいて当然か……）

昨夜、けっこう長いこと相馬と話し込んだが、その間、新しい客は数人しかこなかった。

バイト先の店に比べて客の回転率が悪かったから、あまりうまくいってないんじゃないかと一希もちょっと気にはなっていたのだ。

「あの男とどういう関係？」

「死んだ母の恋人だった人。十年以上前に、何年か一緒に暮らしてたことがあるんだ」

「そっか。……まあ、俺が口出しするようなことじゃないが、時間が経《た》てば人は変わるもんだ。もしこの先も会うことがあるんなら、ちょっとだけ警戒しといたほうがいいんじゃないか？」

（……警戒だなんて）

昨夜の別れ際、また遊びに来いよと相馬に言われて、一希は頷いていた。

ある意味、相馬は一希にとって三人目の父親のような存在だったから、警戒なんてする必要を感じない。

それでも、自分を心配してくれる真田の気持ちは嬉しかった。

「……心に留めておくよ。ありがとう」

「どういたしまして。——この情報の礼は次の機会にな」

「え⁉　これって、お礼がいる話だったの？」

思わずびっくりして身を引く一希を見て、真田は「冗談だ」と呆《あき》れたように肩を竦《すく》めた。

「おまえって、会話スキルが極端に低いのな。もうちょい遊んだほうがいいんじゃないか？」

「……ほっといて」

痛いところを突かれた一希は、憮然《ぶぜん》とした顔になった。


（今日のバイト、少し早めに上がらせてもらおう）

昨夜の夜遊びがたたって、一日中眠くて仕方なかった。朝もなかなか起きられなくて、早番の料理人に朝食ができたからと起こされてしまったぐらいだ。

寝坊したことは、きっと料理人から瑛美に報告されてしまっているだろう。

これで二日続けて寝坊したりしたら、今度は瑛美が志朗に報告してしまうに違いない。

それだけは避けたいところだ。

（でも、昨夜は楽しかったな）

真田の話が少し気になるが、それでも相馬とすごした時間は一希にとってとても楽しいものだった。

三人で一緒に暮らしていた頃の思い出はもちろん、一希は知らなかった母の女性としての可愛いエピソードなど、相馬は懐かしい話をたくさん聞かせてくれた。

（もし、母さんが相馬さんのプロポーズを受けていたら、どうなってたんだろう？）

三人で親子として暮らして、もしかしたら兄弟も生まれていたかもしれない。

母が発病したときだって、引っ越しのために一週間も無駄に使わずに済んだはず。

すぐ入院して治療を開始していたら、あんなに早く逝《い》ってしまわずに済んだかもしれない。

（もしも相馬さんと結婚して、母さんがまだ生きていたら……）

一希は、家に帰るべく自転車のペダルを漕《こ》ぎながら、そんな仮定で想像してみる。

母の嘘《うそ》を知らないままで育った自分は、どんな風だったろうかと……。

（幸せ……だったかな？）

自問自答してみたが、なかなか答えが出なかった。

なんの罪悪感も不安もなく気楽に生きていられただろうとは思うが、平穏な日々の中では幸せを意識したりはしないような気がするから……。

そしてふと思う。

この仮定の場合、一希はきっと嘉嶋家の存在を知らないまま育つことになっていた。

となると、当然、志朗とも出会わないままだと。

(それは嫌だ)

平穏な日々の想像は、現実の恋の前であっさり霧散した。

たとえ罪悪感や不安を抱えたままであっても、恋する人の側にいられることは、なににも勝る喜びだから……。

(意味のないこと考えちゃったな)

もしも、なんて考えるだけ無駄だ。

一刻も早く家に帰ろうと、一希はぐんと強くペダルを踏んだ。

家について、いつものように敷地内のガレージに自転車をしまうと、屋敷の玄関へと向かった。

その途中、庭の東屋《あずまや》に人影らしきものを見かけてふと足を止める。

(瑛美さんかな?)

ごくたまに、瑛美に誘われて庭でお茶を飲むことがある。

それも説教があるときに限ってだ。

(やっぱり、寝坊の件か……)

一希の帰る時間帯を見はからって待ちかまえているのかもしれない。

以前は寝坊なんて滅多にしなかったが、バイトをはじめてからというもの寝坊する回数が増えていた。そろそろ説教される頃だろうと覚悟していたし、瑛美から逃げ切るのは無理だから、一希は諦め気分で自主的に庭に足を運んだ。

だが、予想に反して、そこにいたのは志朗だった。

東屋の椅子に座り、仕事の資料らしきものを読んでいた志朗が一希の足音で顔を上げる。

「一希か。おかえり」

「あ、はい。ただいま戻りました。――志朗さん。お仕事終わったんですか？」

聞いていた予定では、一昨日《おととい》から五日間ほど留守にするはずだったのだ。

思いがけず志朗の顔を見られて嬉しい一希は、ぱっと笑顔を浮かべて駆け寄って行く。

「いやまだだ。寄る予定だった客先が一件キャンセルになったんで、いったん帰ってきただけだ。明日にはまた出かける」

「そうなんですか……」

がっかりして肩を落とすと、志朗は僅《わず》かに微笑んだようだった。

「おまえも、いつもより帰宅時間が早いんじゃないか？」

「はい。今日は最後のコマが休講だったから……。――あ、お茶の用意をしましょうか？」

「ああ、頼む」

「はい」

自分も一緒させてもらおうと、密《ひそ》かにうきうきしながら屋敷に向かおうとすると、「一希、ちょっと待て」と志朗に呼び止められた。

「その前に着替えてこい。そのままじゃ風邪《かぜ》をひく」

ここ最近、秋の気配が漂いはじめ、夕方になると風を少し冷たく感じることがある。自転車で帰宅した直後で汗ばんでいる一希を心配してくれたのだろうが……。

(これぐらい平気なんだけど……)

繊細そうな外見に反して、一希は頑丈にできているのだ。

それでも、気遣ってもらえるのは嬉しい。

言われた通りにちゃんと着替えてから、大急ぎで志朗の好きな紅茶を用意して庭に戻る。

「どうぞ」

「ああ、ありがとう」

志朗は資料から目を離さずに、カップへと手を伸ばした。

紅茶をひとくち飲んだ志朗が無言のまま満足そうに頷くのを確認して、ほっとしてから一希も自分のカップを手に取る。

会話はなく、聞こえるのは志朗が資料をめくる音と、風で揺れる木々の葉擦《はず》れの音ばかり。

それでも一希は、充分に満ち足りた気分を味わえる。

（こういう時間が、一番好きだな）

子供の頃から、こうやってただ黙って志朗の側にいた。

視界の隅に志朗を収めて、同じ空間にただ一緒にいるだけ。

それだけのことで、気持ちがゆったりとほぐれて安心できる。

志朗が仕事をはじめて忙しくなってからは、こういう時間を共有する機会も減ってきたが……。

（このまま、時間が止まればいいのに……）

額にはらりと落ちた志朗の髪が風で微《かす》かに揺れるのを眺めながら、一希がそんなことをぼんやり考えていると、資料に目を落としたままの志朗が前触れもなく話しかけてきた。

「最近、寝坊が酷《ひど》いらしいな」

「え？　あ……酷いってほどじゃ……」

「そうか？　今朝《けさ》はわざわざ料理人が起こしに行ったと聞いたが」

「……すみません」

（瑛美さん、もう告げ口しちゃったんだ）

口止めしとくんだったと後悔しながら小さくなると、志朗は「怒ってるわけじゃない」と呟いた。

「前はそこまで酷くなかったと瑛美が心配していたぞ。体調でも悪いのか？」

「あ、いえ、そんなことはないです。……きっと、その……夏の疲れが出たのかも……？」

「そうか？」

資料から目を離した志朗が、軽く目を眇《すが》めて一希を眺める。

これはたぶん、自分の言い訳を信じてない顔だ。

さらに一希が小さくなると、軽く溜め息をついて資料をテーブルの上に置いた。

「言いたくないなら夜更かしの理由は深くは聞かないが、体調を崩さない程度にしろ。でないと、瑛美から自転車を取り上げられるぞ」

「瑛美さん、そんなこと言ってました？」

「ああ。おまえが寝坊するようになったのは、自転車に乗るようになってからだと言い張ってる。おまえが車道を走る自転車に乗ることを危険だと言って、瑛美は最初から反対していたからな。難癖つけて自転車を取り上げる理由にするつもりかもしれないぞ」

「……気をつけます」

あり得る話しだ。

（瑛美さんは過保護だから……）

ガミガミといつも口うるさいのは、本心から心配してくれている証拠だ。

それはとてもありがたいのだけれど、バイトを続けるためにも自転車を取り上げられるのは困る。

寝坊しないようにしようと一希は密かに気を引き締める。

「そういえば、満子《みつこ》さんも瑛美さんも、姿が見えませんね」

いつもだったら帰宅した志朗の側にいて甲斐甲斐《かいがい》しく世話をしているところなのにと、一希は思わず屋敷に目を向けた。

「満子は買い物に出ているようだ。瑛美は俺と入れ替わりでもう帰った」

「もう？」

「ああ、医者に行くと言ってたな」

「医者って……。どこか悪いんですか？　そういえば、少し前に気分が悪いって早く帰ったこともあったけど……」

その翌日にはけろっとした顔をしていたから、たいしたことはなかったのだろうと安心していたのだが、違ったのだろうか？

母を急な病で亡くしている一希は、おろおろと狼狽《うろた》えた。

そんな一希を見て、「聞いてないのか？」と志朗が怪訝そうな顔をする。

「なにをですか？」

「おめでただそうだ」

「おめでたって……赤ちゃん⁉」

「ああ。おまえには安定期に入ってから伝えるつもりだったのかもしれないな。そういうことだから、あまり妊婦に心配をかけるな」

「はい」

一希は深く頷いた。

(瑛美さんの赤ちゃんか……。どんな子が生まれるのかな)

男だろうか女だろうか?

顔は、男親女親、どっちに似るか?

ちょっと想像しただけで幸せな気分になって口元が緩む。

(ああ、でも、妊娠したんなら、色々と変わっていくんだろうな)

産休だってとることになるだろうし、子供が小さいうちは色々と忙しくもなるだろう。

今までと、まるっきり同じように働き続けることはできなくなる。

瑛美が、一希のために使ってくれていた時間も自然と減っていくはずだ。

(……このままでなんていられないか)

久しぶりに志朗と同じ時間をすごせて、しかもこんなにたくさん会話できて少し浮かれていた気分が、すうっと静まっていく。

いつまでもこうして志朗の側にいられればそれだけでいいのだけれど、それが一番難しいってことを一希はちゃんと理解していた。

本当のことを言えば、中学生ぐらいまでは、自分ひとり養うぐらい嘉嶋家にとっては容易《たやす》いことだろうから、迷惑にならないよう控えめに生きてさえいれば、このまま黙っていてもいいのではないかとすら思っていた。

だが、成長するにつれ、それでは駄目なのだということが否応《いやおう》なくわかってきた。

一希はもうじき二十歳、そしていずれは大学を出て社会人になる。

養われる立場を卒業した後も、嘉嶋家に寄生し続けるのはやはり許されない。

(相続の問題もあるし……)

真実を黙っていることで、本来志朗が引き継ぐべき財産の一部が自分に流れてきてしまう。

そんな風に、志朗の害になることだけはなにがあろうと避けなければならない。

(志朗さんだって変わってくはずだ)

京都の親族によって、以前から志朗の元には見合い用の釣書が頻繁《ひんぱん》に送りつけられてきていたが、まだ結婚する気はないからと志朗は中を見ずにそのまま送り返していた。

そんな志朗の態度に密かに胸を撫で下ろしていたのだが、残念ながらここ最近それが少しずつ変化しつつあるようだ。

瑛美から聞いた話だと、最近の志朗は返す前にとりあえず釣書に軽く目を通すようになってきているのだとか……。

たぶん、ここ最近、志朗の親しい友人達が続けて結婚したこともあって、そろそろ嘉嶋家の次期当主にふさわしい相手との結婚を意識しはじめているのだろう。

（志朗さんは、こうと決めたら早いから……）

相手が決まったら、だらだらと準備に時間を費やすような真似はしない。

きっと、あっという間に結婚してしまうはずだ。

そうしたら、もう側にはいられない。

志朗がその妻となった女性と一緒にいるところなんて見たくないし、妻を娶《めと》った志朗の側《そば》で平静を保てる自信もないから……。

婚約者が決まった段階で、志朗との関係も終わりにしなければならないとも思っている。

いつもは優柔不断な一希だが、この決意だけは迷わなかった。

たとえ身体《からだ》だけの関係とはいえ、それはやはり許されないことだと思う。

（だって、それじゃまるっきり愛人みたいだし……）

かつて志朗は、志朗の母が、愛人であった一希の母の存在を容認していたと言っていた。

たとえそうであったとしても、夫に愛人がいて、しかもその間に子供までいるという事実は、きっと志朗の母の心に影を落としていたはず。

その影が、生来身体が弱かったという彼女の健康状態に、まるっきり影響を及ぼさなかったとは言い切れない。

自分達親子の存在が、志朗の母の寿命を縮める一因になった可能性が確かにあるのだ。

そのことに、一希はずっと胸を痛めていた。

（母さんと同じことはしたくない）

ばれなきゃいいという考え方は、どうしてもできない。

たとえ志朗との関係を誰にも知られていなくとも、自分自身の心に生まれるだろう罪悪感を無視することはできないから……。

（もう誰かの迷惑になりたくない）

これ以上、罪を重ねてしまったら、きっと自分は罪悪感に押しつぶされてしまうだろう。

そんなことを思うたび、自分が気弱な質《たち》でよかったのかもしれないと思う。

もしももっと図太かったら、いくらでも平気で嘘をつけただろうし、自分の幸せを勝ち取るために、誰かを故意に傷つけたり裏切ったりしていたかもしれないから……。

（あとどれぐらい時間が残ってるんだろう）

一希は庭の木々に目線を向けるふりをしながら、再び書類に目を通しはじめた志朗を視界の端に収めた。

いつ終わりが来ても後悔しないよう、この静かなときを記憶に焼き付けておくために……。

4

「聖士くん、明日の予定は？」

バイトの終了時間になると同時に、バイト先の先輩に声をかけられた。

「休みです。っていうか、また当分これなくなるかもしれません」

明日には京都のほうに出張に行った志朗が帰ってくる。

次の出張予定はまだ聞いてないから、バイトの今後の予定も立てられない。

「わけありなんだろ？　わかってるって」

困った顔をした一希に、先輩が気楽な調子で言ってくれる。

「ありがとうございます。お先に失礼します」

お疲れさまと返す先輩達の声に押されるようにして厨房《ちゅうぼう》を出て、ロッカールームへ。

私服に着替えて、とりあえずスマホをチェックする。

とはいえ、一希のスマホの番号を知っている人は限られているし、余程のことがない限り連絡が入ることもないので、ただの習慣みたいなものだったのだが……。

（あれ？　珍しいな。着信が入ってる）

なにかあったのかとドキドキしながら着信履歴をチェックしたら、着信の主は相馬だった。

折り返し連絡を入れてみたら、ちょっと会えないかと誘われた。承諾して、また店に行こうかと聞くと、その必要はないと言う。もうすでに、バイト先の店の前まで来ているからと。慌ててビルの外に出ると、相馬は洒落た黒のスポーツカーにもたれて煙草を吸いながら一希を待っていた。

「これ、相馬さんの車？　格好いいね」

「だろ？　ドライブに行こうぜ。……っと、おまえ、バイクなんだっけ？」

相馬は、一希が小脇に抱えていたヘルメットに視線を向けた。

「違うよ。これは自転車用。——明日のこともあるし、自転車をここに置いていくわけにはいかないんだけど」

一希がちょっとためらうと、ドライブ後にここまで戻ってきてやると相馬が言う。

——ちょっとだけ警戒しといたほうがいいんじゃないか？

ふと、真田のそんな忠告が脳裏《のうり》をかすめた。

（……警戒なんて必要ない。だって、相馬さんなんだから）

子供の頃、相馬と一緒に暮らし、たくさん遊んでもらった記憶が一希に自信をくれる。

一希の記憶の中の相馬は、いつも優しくて頼りがいのある人だった。

母と相馬と三人で、レンタカーでよく遠出したことも覚えてる。

それは一希にとって、なにも考えずただ無邪気でいられた頃のとても楽しい記憶だ。

「それならいいよ」

楽しい記憶に背を押されるように、一希は助手席に乗り込んだ。

シートベルトを締め、ヘルメットを膝《ひざ》の上に置いてから「どこに行くの？」と聞いてみる。

「決めてない。適当に流そう」

そう答えた相馬は、タイヤを軋《きし》ませていきなり車を発進させると急加速した。

「うわっ」

この不意打ちに、一希はびっくりして思わずシートの中で身を固くする。

「なんだよ。この程度の加速でびびってるのか？」

「だって、この手の急加速に馴《な》れてないから……」

「そっか。おまえ、今じゃ、おぼっちゃまなんだもんな。安全運転の車にしか乗らないか」

「おぼっちゃまだなんて、そんなことないよ」

「あるだろ。この前会った後、気になってちょっと調べてみたんだ。おまえが世話になってる嘉嶋家って、けっこうな名家だったんじゃないか」

「それは……確かにそうみたいだけど……。でも引き取られて一年もしないうちに、本家のある京都から離れて東京に戻ってきちゃったから、嘉嶋の家のこと、僕はあんまりよく知らないんだ」

「それって、追い出されたのか？」

「違う。京都に僕が馴染めなかったから、ちょうど兄が大学進学で上京するのにあわせて、こっちに戻してもらえただけ……」

「兄ってのは、あれだろ？　日本の伝統技術を国内外に広く紹介してるってんで有名な若手実業家だろ？」

「うん。そうだけど……」

相馬のその言い回しは、以前、志朗が経済誌に取り上げられたときの記事の文面によく似ていた。

（わざわざ雑誌のバックナンバーまで取り寄せて調べたのかな。どうしてそこまで調べるんだろう。……もしかして、僕のことを心配して？）

先日会ったとき、自分は不幸そうな表情を見せていたのだろうか？

瑛美に忠告されてからは、統悟や志朗の迷惑にならないよう充分に注意していたつもりだったのに……。

「兄ちゃんとは仲良くやれてるか？」

「うん。もちろん」

一希は、相馬を安心させるべく思いっきり深く頷いた。

「厳しいところもあるけど、兄は優しいし、公平な人だよ。僕が妾腹《しょうふく》だってことも気にしないで本当によくしてくれる」

だから安心してと一希が言うより先に、「なるほど、それは都合がいいな」と相馬が呟《つぶや》く。

「都合って？」

一希がきょとんとしていると、相馬は急ハンドルを切って車を幹線道路から人通りの少ない道へと進めて行った。

「……相馬さん？」

少し不安になった一希が声をかけると、相馬は路肩に車を停めてから振り向いた。

「一希、おまえに頼みがある。聞いてくれるか？」

その真剣な顔に、一希は少し不安を覚えながらも頷いた。

「うん。僕にできることなら……」

「そうか。いい子だな。——実はな。俺のやってるあの店、経営が思わしくないんだ」

（ああ、やっぱり）

店にはじめて入った瞬間に受けた暗い印象からすれば、残念ながら当然の話だ。

「……それで？　頼みってなに？」

一希は、自分の目立ちすぎるこの顔で客引きのバイトをしてくれと頼まれるのかと思って、ちょっと身構えた。

だが、その予想は外れ、相馬は金が必要なのだと言う。

「とりあえず、五百万。それだけあれば当座はしのげる。このままだと、債権者にあの店を取られちまうんだ」

「五百って……。そんな大金、僕には無理だよ」

統悟から預けられている通帳を使えば余裕だが、あのお金は一希が自分勝手に使っていいものじゃない。

「バイトで貯めたお金なら五十万ぐらい貸せるけど……」

「一希、俺は金を貸して欲しいわけじゃない」

「え？」

意味がわからず一希が首を傾《かし》げると、相馬はふっと視線をそらして前を向いた。

「相馬さん？」

「だから、調べたんだよ。嘉嶋家のこと……。おまえがいま暮らしているお屋敷も見てきたし、香里におまえの養育費を渡していた嘉嶋統悟って男の顔写真も見たんだ」

文化事業系の記念式典での写真がネットに上がっていたと、相馬は言った。

（それって……）

相馬が今なにを言おうとしているのか。

一希には、この時点でもうわかっていた。

いつか、誰かに指摘される日が来るかもしれないと、ずっと密かに怯《おび》えていた。

耳を塞《ふさ》ぐか、車から外に飛び出すかして、とりあえずなんとかしてこの話題から逃げたかったが、怖くて身体が動かない。

身動きすることすらできずに固まっている一希に、相馬は再び視線を向けた。

「嘉嶋統悟とおまえ、全然似てないのな。だが香里は、おまえの美貌《びぼう》は父親譲りだって言ってた。――おかしくないか？」

「そ……れは……」

なにか誤魔化すことを言わなければと焦れば焦る程、言葉が出てこない。

「おまえ、本当はあの男の子供じゃないんだろ？」

（……ああ）

ずっと、この日がくるのを恐れていた。

恐れが現実になったことに怯えるばかりで思考が働かない。

一希はなにも答えることができないまま、相馬から視線を外してただ俯く。

「その様子だと、自分でも自覚してるみたいだな。……香里は天涯孤独の身の上だったはずだ。たぶん、おまえを育てるための金欲しさに、お人好しの金持ちを騙《だま》したってとこなんだろうが……」

それにしたって随分と大胆な真似をすると、相馬が小さく鼻で笑う。

少し小馬鹿《こばか》にしたような笑い方に、一希は微かな不快感を覚えた。

最初に嘘をついた母の行為は許されないことだとわかってるけれど、それでも愛する母がこんな風に笑われるのは、やはり気分がいいものじゃない。

「なあ一希、嘉嶋家の人達は知ってるのか？」

一希は黙ったまま首を横に振る。

「だろうな。知ってたら、おまえをあの家に置いとくわけないもんな。——それでだ。話は戻るんだが、俺は金が必要なんだよ。とりあえず五百だ」

言ってる意味、わかるか？　と助手席のほうに身を乗り出してきた相馬が言う。

（お金って……。まさか、そんな……）

もしかしたら、いま自分は脅されているのだろうか。

お金を用意しなければ、嘉嶋家の人達に真実をばらすと……。

（そんな……。だって、相馬さんだよ？）

相馬には、かつて本当に可愛がってもらったのだ。

だからこそ、一希だって心から信頼していたし懐いてもいた。

相馬だって、三人家族になりたいと思うぐらい、あの頃の一希のことを可愛く思ってくれていたはずなのに……。

そんなはずはないと、現実を受けとめきれずにいる一希に、相馬が重ねて聞いてくる。

「五百、用意できるか？」

呆然《ぼうぜん》としたまま、一希はゆっくり首を横に振った。

「兄ちゃんから、なんとかして引き出せないか？　トラブルに巻き込まれたとか、なにかしら理由つけてさ。俺も協力するから」

どうだ？　と聞かれて、今度はすぐに首を横に振る。

「それだけは、絶対にできない」

混乱してなにも考えられない状態でも、この件に関してだけは答えは決まっている。

なにがあろうと、志朗をこれ以上騙すような真似はできないし迷惑もかけられないと……。

「そうか。それなら仕方ないな。おまえ自身に稼いでもらうしかないか」

「え？」

「今のバイトより、ずっと金になるバイトを俺が紹介してやるよ。——この綺麗な顔を有効利用しない手はないからな」

脇から伸びてきた手に、クッと顎を摑まれて俯いていた顔を上げさせられる。

現実感のないまま、ぼんやり相馬に視線を向けると、相馬はハッとしたように軽く顎を引き、ついでふっと笑った。

「ったく、その気のない俺でさえ、今のおまえを見てると妙な気分になるよ。おまえになら、男だろうが女だろうが、金持ち連中がこぞって群がるに決まってる」

「それって……もしかして、僕に身体を売れって言ってる？」

「ああ。その通りだ。もちろん嫌だったら断ってもいいぞ。——おまえが嘉嶋統悟の子供じゃないってことを、みんなに知られてもいいならな」

（ああ、本当に……脅されてるんだ）

今のこの現状をはっきり認識するにつれ、じんわりと絶望感が胸に広がっていく。

統悟の子供だという嘘がいつかばれてしまうことを、一希はずっと恐れていた。

あまりにも怖くて、それが現実になったとき、いったいどんな事態が発生するのかきちんと考えたことさえなかった。

ただ単純に、志朗の側にいられなくなることばかりを恐れていた。

まさか、こんな形で脅されることになるなんて思ってもみなかった。

それもよりによってその相手が、かつて家族のように仲良く暮らしていた人だなんて……。

（とっても優しかったのに……）

あの頃から水商売系の仕事をしていたから、身形《みなり》や言動に少しすれたところはあったけれど、それでもいつも朗らかで頼りになる人だった。

一緒に暮らしていて、相馬に守られていると感じることも多かったように思う。

その人が今、脅迫者になって目の前にいる。

（なんで、こんなことになったんだろう？）

考えるまでもなく、一希にはその答えはひとつしかないように思えた。

「どうする？　経験がなくて不安だって言うんなら、俺が色々教えてやってもいいぞ」

相馬は一希の顎を摑んだまま、ゆっくりと顔を近づけてきた。

だがふたりの唇が触れ合う直前になって、一希が声もなく涙を流しているのに気づいてハッと驚いたように身を引く。

「ねえ、相馬さん。……これも、やっぱり、僕が……悪いのかな」

——間違っていたのは自分、悪いのもぜんぶ自分。

かつて、幼かった一希の胸を痛めつけた、歪んだ認識が心に戻ってくる。

「一希？」

「母さんは、僕を育てるお金を手に入れるために嘘をついた。僕さえ生まれなければ、母さんは嘘つきにならなかった。……僕の存在が、母さんに間違いを犯させたんだ」

苛《いじ》めを受けていたときもそうだ。

弱くて泣き虫な一希を守ろうとするあまり、母は学校関係者すべてに怒りを向けて、みんなに煙たがられるようになってしまった。

「相馬さんもそう？　僕が、お金持ちの家の子供として暮らしてるから……こんな特殊な顔をしてるから、悪いことを考えついちゃうのかな？」

母に間違いを犯させる原因が自分だったように、相馬もまた、自分の存在ゆえに悪いことをしようとしている。

（相馬さんを脅迫者になんてしたくない）

それに、どんな風に脅されても身体を売るような真似はしない。

志朗以外の人に触られるなんて絶対に嫌だから……。

（……いい機会なのかもしれない）

いつまでも今のままではいられないことはわかっていた。

それでも、少しでも長く志朗の側にいたかったから、真実から目を背けたままずるずると日々をすごしてきてしまった。

でも、こんなことになってしまったからには、もう黙っていることはできない。

長年の嘘を打ち明けるべきときが、とうとう訪れたのかもしれない。

（僕がすべて打ち明ければ、相馬さんも諦めるしかないだろうし……）

許されない負い目を持ち続けてしまったことで、こうして脅迫者まで作り出してしまった。

自分を中心とした悪い波紋がこれ以上広がる前に、大元の嘘を断つべきなんだろう。

頬を伝う涙をぬぐうこともせず、一希は黙って相馬を見つめていた。

（あの頃、この人は本当に優しかった）

たくさん遊んでくれたし、相談にものってくれた。

登校拒否になったときだって、相馬がいてくれなかったら、きっと再び学校に通えるようにはなっていなかっただろう。

もしかしたら、会わずにいた間に悪い人間になってしまったのかもしれないが、それでも自分が関わる件でこの人に間違いを犯させたくはない。

「僕、嘉嶋の家を出るよ。僕のせいで相馬さんを犯罪者にしたくないから……」

「……一希……」

これ以外に、もう方法はない。

一希は思い切ってそう告げた。

(ああ、でも、もう一度、志朗さんとふたりだけの時間が欲しかったな)

抱かれたいとか、話をしたいとか、そんな贅沢《ぜいたく》なことは望まない。

五分でも十分でも構わない、ただ黙って側にいさせてもらうだけでもいいから……。

(なんて、そんなこと考えてたら、またずるずる引き延ばすことになっちゃうか)

いい加減諦めないといけないのだ。

次に志朗と会えたら、すべてを打ち明ける。

一希は、未練がましい思考を必死で断ち切った。

(……僕は幸せだった)

すべてを終わらせると覚悟を決めた途端、そんな思いがふとよぎって胸を熱くする。

(志朗さんの側にいられるだけで、もう充分に幸せだったんだ)

素直にそう思えるようになったのは、今までの生活すべてを失う決意をしたから。

母から引き継いだ嘘の渦中にいたときは、罪悪感や不安が先に立って、素直に受け入れることができなかったけれど、それでもやはり自分は幸せだったのだ。

(もっと素直に、幸せだって思えていたらよかったのに……)

今さらだが、酷く勿体《もったい》ないことをしてしまった。

今まさに手の平からこぼれ落ち、過去のものになりつつある幸せを思って、一希はその唇に諦めに満ちた笑みを浮かべる。

「……ちっ」

その笑みを見た相馬は、小さく舌打ちをすると、いきなり車を急発進させた。

「相馬さん、どこに向かってるの?」

軋むタイヤの音に怯えながら聞いてみたが、相馬は不機嫌そうな顔で前を向いたまま、返事をしてくれない。

しばらくの間、どこに連れて行かれるのだろうかと戦々恐々としていたが、無言のドライブが二十分ほどすぎた頃には、窓から見える景色から目的地の予想がつくようになった。

(家に向かってるんだ。――でも、なんのために?)

家の前まで言って、本当にすべてをばらす覚悟があるのかと、今からすべての嘘をぶちまけてやろうかと脅すつもりだろうか?

だが、それは無理なこと。

使用人達はすでに帰った後だし、志朗も出張でいない。

今、あの屋敷は無人なのだ。

なんと脅されても頷くつもりはないが、それでも他人の口から真実を話されてしまうのはやっぱり嫌だったから、一希はそのことに感謝した。

流されるままに嘘をつき続けてきてしまったけれど、最後ぐらいは自分でけりをつけたかったから……。

そうこうしている間に、車は嘉嶋家の別宅の前で停まった。

ハンドルを握ったまま、黙って前を向き続けている相馬に、一希はためらいがちに声をかける。

「……相馬さん？」

「自分の子供にしたいとまで思っていたおまえ相手に、俺はなにやってんだろうな」

「え？」

「今さら……言い訳にしか聞こえないかもしれないが、最初は本気で心配してたんだ。おまえが今、どんな暮らしをしてるかが気になって……。色々調べてるうちに、つい欲に目がくらんじまった」

香里が知ったら本気で怒るだろうなと、自嘲《じちょう》気味に相馬が呟《つぶや》く。

「――悪かった」

「あ……うん」

（そっか……。考え直してくれたんだ）

相馬の言葉の中にかつての優しさを感じ取って一希は嬉しくなる。

「……ありがと」

「バカだな。礼を言うようなことじゃねぇだろ」

もう降りろ、と促されて、一希はシートベルトを外した。

「おい、一希」

ヘルメットを手に外に出た所で呼び止められ、「なに？」とドアから顔だけ出して答える。

「おまえが悪いんじゃないからな。悪いのは俺だ」

「……相馬さん」

「あの店には二度と来るな。俺はもうおまえとは会わない。いつかまた悪い気を起こすかもしれないからな。……俺は弱いから、誘惑に勝てそうにないんだ」

大きな手が伸びてきて、一希の頭を昔のようにくしゃっと撫でる。

そのままその手に胸を押され、よろけた一希が一歩後ろに下がると、相馬の手でドアが閉められた。

そしてそのまま、相馬を乗せた車は、深夜の静かな住宅街には不似合いなエンジン音を響かせて去って行く。

「さよならぐらい、言わせてくれてもいいのに……」

一緒に暮らしていた幼い日、懐いていた相馬になんの前触れもなく突然いなくなられて随分と寂しい思いをした。

今もまた、思いがけない再会を嬉しく思った分だけ別れは寂しい。

脅されかけたことなんて、もうどうでもいい。

相馬は、ちゃんと思いとどまってくれたのだから……。

子供の頃、三人で暮らした日々を思い出しながら、一希は車が走り去った方向をしばらくの間黙って見つめていた。

やがて、ひとつ溜め息をついてなんとか気を取り直し、知らぬ間に滲《にじ》んでいた涙を手の甲でぬぐいながら現実に思いを馳《は》せる。

(……自転車、どうしよう)

明日の朝になって、自転車がなかったらきっと瑛美に変に思われる。

夜に出歩いていることを知られないためにも、今のうちに取りにいかなければならなかった。

タクシーを使うしかないかと、ヘルメットを抱えたまま車通りの多い道路へと向かって歩きかけたとき、不意に声をかけられた。

「こんな時間に、どこへ行くつもりだ」

「あ……」

いつの間にか開いていた通用口の前に、志朗が立っていた。

「明日まで出張だったんじゃ……」

「予定が早まったんだ。やけにうるさいエンジン音がするから、なにかと思って出てみれば……」

予想外の事態に立ちすくむ一希を、志朗は鋭く睨《にら》みつける。

「で、おまえは今までなにをしていたんだ？　さっきのあの男は誰だ？」

「あ……あの……」

（どうしよう。なんて答えたら……）

矢継ぎ早の質問に一希は混乱した。

こっそり夜に抜け出してバイトしていたことは決して言えない。

だからといって、適当に誤魔化してこの場をうまく収められるほど器用ではない。

一希は黙ったまま立ちすくむ。

「だんまりか」

志朗は苛立《いらだ》ったように呟くと、一希の手首を摑んで屋敷へと歩き出した。

（前にも、こんなことあったっけ……）

腕を引っ張られるまま歩かされながら、子供の頃に母からぐいぐいと腕を引かれて京都の屋敷の門をくぐらされたことを思い出す。

あのときもかなり不安だったが、今はもっと不安で、そして怖い。

（志朗さん、凄く怒ってる）

普段から滅多に笑わない志朗は、周囲の者達から怖い人だと思われがちだが、ずっと一緒に暮らしてきた一希はそうじゃないってことを誰よりもよく知っているつもりだった。

志朗自身が即断即決の人間なせいか、周囲の者にも同様の対応を求めて厳しい態度をとることがあるのは確かだが、厳しいだけで決して怖い人ではないのだ。

だが、今は違う。

確実に苛立ち、怒っている。

（こんなのはじめてだ）

握りつぶされそうな勢いで摑まれた手首が痛かった。

はじめて見る志朗の乱暴な態度に気の弱い一希は怯えるばかりで、ただ大人しくついていくことしかできない。

階段を昇り、連れて行かれた先は志朗の寝室だった。

乱暴にベッドの上に放り出された一希に志朗が聞いた。

「もう一度聞く。あの男はなんだ？」

「あ、あの……」

怒った顔の志朗が怖くて、一希は目をそらした。

恐怖で強《こわ》ばる身体を動かしてのろのろと起き上がろうとしたところを志朗に押し倒されて、

顎を摑まれ無理矢理正面を向かされる。

「さっき、あの男を見送りながら泣いていたな。いったい、どういう関係なんだ？」

言え！　と真正面から目を覗き込まれて、自然に口が動く。

「む……かしの知り合いです。母の……恋人だったことがある人なんです」

「おまえの母親の恋人？　だったら、なぜこんな時間に会っていた？」

「そ……れは……」

(言えない)

バイト中に呼び出されたからだとは……。

それを言ってしまえば、芋づる式にバイトをしていた理由にまで話が及ぶかもしれない。

それは困る。

(往生際が悪すぎるけど……)

すべてを打ち明けようと決意したのは、ほんの少し前のこと。

だが、相馬が思いとどまってくれた今となっては、その決意もあっさり揺らいでいた。

あともう少しだけ、一日でも長く志朗の側にいるために、弟という立場を手放したくない。

黙っていることでたとえ嫌われたとしても、ここにいられなくなるよりはずっとマシだったから……。

「また、だんまりか？」

志朗の眉間《みけん》に深く皺《しわ》が刻まれる。

そのあからさまな怒りの表情が怖くて、一希は思わずぎゅっと目を閉じた。

「……それなら、もういい」

そんな言葉が耳に届き、顎を強く固定していた指が離れる。

諦めてくれたのかとほっとして目を開けたのとほぼ同時に、一希の唇に志朗のそれが重なった。

（……え？）

なぜこのタイミングでキスされるのかと驚いているうちに、今度は志朗の手がシャツの裾《すそ》をまくり、直接肌に触れてくる。

（まさか、今から？）

どんなときであろうと志朗に触れられることは一希にとっては喜びだ。

だが、丸一日すごした後の、シャワーすら浴びていない身体を差し出すことにはためらいがある。

「あ、嫌。待ってください」

一希は、脇腹に触れてくる志朗の手を摑み止めた。

せめてシャワーを浴びてからと訴えるより先に、逆に手をギリッと痛いぐらいに摑み返されて、そのまま両手まとめて頭の上に押さえつけられた。

「身体を見られて困ることでもあるのか？」

「え？　あの……？」

それがどういう意味なのか、一希にはわからなかった。

だが、問い返す間もなく、再び唇を奪われる。

「……つっ……」

それは甘さのない、酷く乱暴なキス。

いつもとはまったく違う志朗の態度に一希は戸惑ったが、それでも怖いとは思わなかった。

シャワーを浴びさせてもらえないことはやはり気になるけれど、それでもこのままの自分を、いま志朗が欲しているのならばこのままでも構わない。

どんな風であれ、求めてもらえるのならば与えるだけ。

「……ん……」

一希は一方的に貪《むさぼ》るだけのキスに大人しく応じながら、いつの間にか自由になっていた手を志朗の背中に這《は》わせていった。

その夜、志朗は酷く性急だった。

抵抗する気のない一希の身体から服をすべてはぎ取ると、なんの前戯もないままに一希の双丘を押し広げて、後ろから強引にその熱をねじり込んでくる。

「っ……んっ！」

抱かれることに馴れているとはいえ、さすがになんの準備もないままに受け入れるのはきつい。

そのまま乱暴に突き上げられたが、不様に悲鳴をあげて興を削《そ》ぐような真似だけはしたくなくて、唇を噛《か》みしめて痛みに耐えた。

（はじめてのときみたい）

あのときも、なんの準備もないままに貫かれて未知の痛みに怯えた。

でも肌にくい込む指や直《じか》に感じる熱が志朗のものだと認識した途端、痛みなんてもうどうでもよくなっていた。

どんな形であれ志朗に必要とされ、求められるのが本当に嬉しかったから……。

今もそうだ。

志朗の存在がまるでスイッチとなって、貫かれる痛みの中でも、すぐに甘い喜びの片鱗《へんりん》を探り取り感じることができる。

「あ……はっ……ああ……」

悲鳴をあげるまいと噛みしめていた唇が徐々に緩み、甘い声が漏れる。

その甘い声に、志朗は動きを止めた。

不愉快げに眉根《まゆね》を寄せると、一希を仰《あお》向けにして顔を覗き込んでくる。

「おまえは、こんな扱いでも感じるんだな。——乱暴に扱われるほうが好きなのか？」

「そ……んな……違います」

一希はびっくりして首を横に振る。

「そうじゃなくて、あの……いつも、志朗さんにしてもらってることだから……」

そこで感じる喜びを志朗に教えられたからこその反応なのだと、恥ずかしさを堪《こら》えてぎこちなく訴えると、志朗はさらに怖い顔になる。

「だったら、最初のときはどうなんだ？」

「最初って？」

「あの夜も、かなり乱暴に扱ったはずなのに、おまえはすぐに喜んでしがみついてきた。あれは誰に教わったんだ？」

「……え？」

「嘉嶋家に来てから、その手の相手がいたようには思えない。さっきのあの男か？」

「ち、違います！　僕は、あの夜がはじめてで……」

「そのわりに最初から感じていたじゃないか？」

「それは……」

（だって、志朗さんだったから……）

大好きな人に抱き締められる幸福感に酔っていただけで、抱かれる喜びを最初から知っていたわけじゃない。

そもそも一希は奥手なほうだったし、友達もいなかったから、セックスに関する知識すら乏しいものだった。男同士の場合は後ろを使うことだって、志朗との初体験ではじめて知ったぐらいなのだ。

だが、志朗に恋をしていたからこそ、はじめてでも感じたのだと口にすることはできない。嘘にまみれた自分に愛を請う資格がないことぐらいわかってる。

とはいえ、これ以上の嘘は重ねたくないから、適当な言葉で誤魔化すこともできない。

だから一希は口を閉ざすしかない。

「まただんまりか……。——あの男を庇《かば》ってるつもりか？　本当のことを言ったら、俺が怒るとでも？」

(庇うだなんて……)

そんなことじゃないのだと、一希は口を閉ざしたままふるふると首を振る。

それで思いが通じるわけもなく、志朗は片手で一希の顎を摑んでその動きを止めた。

「大方、朝寝坊の原因もあの男だったんだろう？」

「あ、でも、相馬さん絡みの寝坊は、この間の一回だけです」

馬鹿正直に本当のことを口にした途端、顎を摑む指の力が増した。

「いたッ……志朗さん、痛い……」

「だったら、他にも男がいるってことか?」

泣き言を言う一希を志朗は本気で睨みつけた。

「そんなに独り寝の夜が寂しかったのか? それとも、俺ひとりじゃ物足りなくて、こそこそと男漁《おとこあさ》りに行く術《すべ》を覚えたか?」

「え? 男漁り?」

あまりにも思いがけない言いがかりに、一希は自分の耳を疑う。

なにか違う言葉と聞き間違えたか、それとも言葉の意味を取り違えて理解しているのかもしれないと混乱しながら、怖い顔で睨みつけてくる志朗をきょとんとして見上げる。

見つめられた志朗は、なぜか一瞬ひるんだようだった。

「……清純そうな顔をして……。本当におまえはたちが悪いな」

苛立ったようにそう呟くと、再び唇を奪う。

「う……ふぅ……」

逃げるつもりなんてないのに、痛いぐらいに顎を固定されたまま乱暴に舌を搦《から》め捕られる。

いつものようなじっくりと官能を高めるためのキスとは違う、まるで罰《ばっ》するかのように痛みを伴うキスにどう応じていいかわからずされるがままだ。

長く乱暴なキスに耐え難い息苦しさを覚えはじめた頃、やっと唇が解放される。

ほっとしたが、荒い息を整える間もなく、足を割られて再び志朗の熱を強引に奥までねじり込まれた。

「ひあっ……あ……ああっ……はっ……」

そのまま乱暴に注挿を繰り返される。

潤滑剤《じゅんかつざい》もないままに受け入れさせられた内壁は、その強く激しい動きに引き攣《つ》れて痛みを訴えている。

だがそれ以上に志朗の律動を生々しく感じられて、一希はそれにすぐに酔って我を忘れた。

「ん……あ……志朗さん……もっと……」

激しく揺さぶられ、くらくらとした酩酊感《めいていかん》に恍惚《こうこつ》となりながら、甘く痺《しび》れる腕を志朗に伸ばす。

汗ばみはじめたその肩に指先が触れ、そのままぎゅっとしがみつこうとしたところを志朗に払い除《の》けられ、両手首を片手でまとめて摑まれシーツに押さえつけられた。

「おまえはどう扱っても同じように喜ぶんだな。手間をかけてやっただけ無駄だったってことか……。――この淫乱が」

「……ん」

そう耳元で囁かれて、その低い声の響きにぞくぞくっと一希の身体は甘く震えた。

同時に、きゅうっとそこが収縮して、繫がったままの志朗を締めつける。

「……っ。淫乱と呼ばれて喜ぶとは、たいした好き者だな」

志朗は吐き捨てるようにそう告げると、再び乱暴に一希の身体を貪りはじめた。

「あっ……はあ……やっ……そこ……だめ……」

激しい動きに背中がしなり、顎が上がる。

（違う……のに……）

今のは、言葉ではなく、志朗の声の響きに反応しただけ。

そう告げたかったが、志朗の激しい動きに引きずり出された快感に思考まで犯されて、もうまともな言葉を紡ぎ出すだけの余裕がない。

一希は、波のように次から次へと湧き上がってくる快感に翻弄《ほんろう》されるまま喘《あえ》ぐことしかできなかった。


どうやら途中で気を失ってしまったようだ。

次の朝、目覚めたときには自分の部屋のベッドに戻されていた。

そして一希は、そのまま熱を出して寝込んでしまった。

過保護なところのある瑛美からは酷く心配されて、医者に行くように勧められたが、一希は頷かなかった。

「大丈夫。ちょっと夏の疲れが出ただけだから……。一日寝てたら治るよ」

「駄目よ。一希が熱で起き上がれなくなるなんてよっぽどのことじゃない。自分で歩くのが億劫《おっくう》ならお医者さんを呼びましょうか？」

ひ弱そうな外見とは裏腹に、一希がほとんど風邪すら引かない健康体だってことを瑛美は知っている。

だからこそ、滅多にない発熱を過剰に心配するのだろう。

「本当に大丈夫なんだってば」

珍しくおろおろする瑛美に、一希は横になったままで微笑みかけた。

「きっと明日になれば熱も下がってると思うからさ」

「でも……」

「瑛美、その辺でお止《や》めなさい。あんまりしつこくしたら、余計に疲れさせてしまうわ」

水を持ってきてくれた満子が、娘を諫《いさ》める。

「一希さま、今日のところはゆっくりおやすみになってくださいな。明日になっても熱が下がらないようだったら、先生を呼ばせていただきますからね」

「うん、わかった」

一希が素直に頷くと、満子は心配そうな瑛美を促して部屋から出て行く。

（……よかった）

ふたりが消えた後、一希は天井を見上げたままでほっと息を吐いた。

身体に残る昨夜の痕跡《こんせき》を見られてしまうから、絶対に医者にかかるわけにはいかないのだ。

それに今のこの熱はたぶん精神的なダメージによるもの。

だから、医者にかかってもさして意味はない。

(はじめてのときも、次の日に熱を出したっけ……)

あれは、我が身に起こったあまりにも思いがけない事態に混乱して悩んでいたせいだ。

今回のこれもきっと似たようなものだろう。

(昨夜の志朗さん、いつもと違ってた)

とても乱暴で、いつになく手荒く扱われた。

そんな扱いを受けても喜びを感じて乱れる一希に、酷く苛立っているようにも見えた。

(淫乱だって……言われた)

それも蔑《さげす》むような口調で……。

それに対して、きちんと違うと否定できたかどうか、残念ながら一希は覚えていない。

酷いことを言われたとわかっていたのに、志朗に与えられる喜びに溺れてしまっていたから……。

実際にあんな姿を見られてしまっては、淫乱だと言われても否定のしようがない。

一希はそんな自分が恥ずかしくてたまらなかった。

（でも、淫乱とか……そんなんじゃないと思うんだけどな）

男に抱かれることが好きなわけじゃない。

志朗以外の人に抱かれたいとは思わないし、そういう意味で触れられることすら絶対にあり得ない。

好きな人が相手だからこそ、どんな扱いをされても無条件に受け入れてしまうし、感じもするのだ。

（そんなこと、絶対に言えないけど……）

自分には愛を請う資格はない。

嘘まみれの自分の口から出た愛の言葉には、きっとなんの重みもないだろうから……。

そもそも、最初が悪かった。

はじめてのあの夜、一希のほうから誘ってきたのだと志朗はいまだに勘違いしたまま。

実の兄を自分の欲求のままに誘うような奴だと思われているのだから、淫乱だと思われても仕方ないのかもしれない。

とはいえ、あの夜がはじめてじゃないと思われていたとは考えてもみなかった。

それどころか、志朗以外の男とも関係を持っていると疑われてしまうなんて……。

（……昨夜のあれって、そういう意味だよね）

あまりにも思いがけないことすぎて、あの場ではすんなり理解できずにいたが、今ならわかる。

志朗は、一希が相馬と関係を持つために屋敷を抜け出したと勘違いしていたことを……。

乱暴に服を脱がされ全裸にされたり、なんの準備もないまま無理矢理受け入れさせられたのも、きっと他の男に抱かれた痕跡がないかどうか確かめるためだったんだろう。

(でも、なんであんなに怒ったのかな)

この身体に、他の男の手垢《てあか》がついたかもしれないことが許せなかったのだろうか。

それとも、自分が他の男と同列に扱われていることにプライドを傷つけられたのか。

(誤解だって、わかってくれてればいいけど……)

少なくとも昨夜の自分が、他の誰かに触れられた後ではないってことはわかってもらえたはずだ。

でもそれ以前のこととなると証明のしようがない。

きっといまだに志朗は、一希が他の男と関係を持っていたと誤解したまま。

(男なら誰でもいい淫乱だって思われちゃったのかな)

それを思うだけで、胸がちりちり痛んで、じんわりと涙まで滲んでくる。

絶望的な気分になった一希は、枕に顔を押しつけて溜め息をついた。

翌日、一希の熱は予想通りあっさり下がった。

心配性の瑛美からは、熱が下がっても一週間は無理は禁物だと言われ、自転車通学を禁止されてしまったが、そのお蔭《かげ》で車庫に自転車がないことに気づかれずに済んだ。

完全に体調が回復した後、一希はさっそくあの夜置き去りにしてしまった自転車を取りに行き、同時に雇われママの沙耶に直接会ってバイトを辞める旨も伝えた。

志朗に誤解される要因は少しでも減らしたかったのだ。

「そう。残念ね」

「突然ですみません」

「気にしないで。最初に無理を言ったのはこっちだし……。それに、いい頃合かもね」

「いい頃合?」

「人気のアイドルが次から次へと入れ替わるみたいに、店のウリも次から次へと工夫を凝らさなきゃお客様に飽きられちゃうもの。また違う趣向を考えなきゃ」

これも雇われママとしての腕の見せ所よと、沙耶は明るく微笑む。

もっと強く引き止められるのではないかと予想していた一希は、あっさり認められたことに少し拍子抜けしながら、お世話になりましたと頭を下げてバイト先を後にした。

(——飽きられる……か)

まったく引き止められなかったことが少しだけ悲しい。

自分なりに真面目に働いていたつもりだったけれど、所詮《しょせん》は顔だけのバイトにすぎなかったってことなんだろう。

美人は三日で飽きるとよく言うし、バイトをするようになって半年、そろそろ売り上げへの貢献度が下がってきつつあったのかもしれない。

だからきっと、あっさりバイトを辞めることも認めてもらえたのだ。

揉《も》めずに済んでよかったと喜ぶべきところなのに、気分が落ち込むのはなぜだろう。

いつか、志朗からもこんな風にあっさり手を離される日が来ると、簡単に予想できてしまうからだろうか。

(怒ってもらえただけマシだったのかな)

おまえのような淫乱にはもう指一本触れたくないと、誤解されたまま背を向けられるよりも……。

一希は我知らず溜め息をついていた。

5

あの夜から一ヶ月がすぎ、季節は完全に秋へと移った。

日に日に日没が早くなり気温も下がる時期だけに、過保護で世話焼きの瑛美からは、もう一枚服を着ろだの、暗くなる前に帰って来いだの、手がかじかむ季節になったら自転車は止めろだのと散々言われまくり、さすがに一希も辟易《へきえき》気味だ。

「瑛美さんがお母さんになったら、色々と大変そうだね」

一希が苦笑気味にそう言うと、瑛美はむっとしたようにふんと鼻息を荒くした。

「口うるさいママで気の毒ねって、今から私の子供に同情してくれてるの？」

「違うよ。心配しすぎて瑛美さんの気の休まる暇がないんじゃないかって心配してるんだ」

「あたしの？」

「うん。はじめての子育ては神経質になりがちだって聞いたことあるから」

「かもね。でも私の産休が明けたら、母さんが子供の面倒を見てくれるって言ってるし、たぶん大丈夫なんじゃないかな」

「満子さんが？　ってことは、こっちの仕事は辞めちゃうの？」

「そういうことになるのかも……。もしも辞めたとしても、あなたと志朗さまのことが気になって、ちょくちょく顔を出すとは思うけど」

「そうだね。満子さんと瑛美さんは家族も同然だから」

「あら嬉しい」

ありがとうねという瑛美に、どういたしましてと微笑んで答えながらも、一希の内心は複雑だった。

（……みんな、変わっていく）

今はまだ目立たない瑛美のお腹《なか》だって、すぐにふっくらと膨らんでくるに違いない。

ついこの間まで当たり前だった日常を懐かしく思う日もくるのだろう。

子供の誕生は祝福されるべきことだと思うし、それに伴う変化も快く受け入れなくてはいけないと思うのだが……。

（それでも、やっぱり寂しいな）

この先の変化を思うと、どうしても気持ちが沈んで溜め息が零《こぼ》れてしまう。

大学の講義にも集中できず、ぼんやりして溜め息ばかりついていたら、先日の一件以来、なぜか隣りに座るようになった真田から鬱陶《うっとう》しいと言われてしまった。

「どうした？　悩み事か？」

「……うん、まあね。でも、たいしたことじゃないから」

「いいから話してみろよ。リハビリだと思ってさ」

「リハビリ?」

「コミュ障のだよ」

「コミュ障って……。コミュニケーション障害のこと?」

びっくりして問い返すと、真田は深く頷いた。

「こうやって話すようになる前は、お高くとまって孤高を気取ってるんだと思ってたが、違うんだろ? どっちかっていうと臆病者っぽいし会話能力も低いしさ。人見知りが高じて、うまくしゃべれなくなっただけなんじゃねぇの? もしくは、その顔絡みのトラブルで他人とつき合うのが怖くなって、精神的引きこもりになったとかさ」

(コミュ障で人見知りで、さらに精神的引きこもりって……)

なんだか随分な言われようだが、どれもこれも否定しきれないのが辛《つら》いところだ。

思わずむっとして口を閉ざすと、「拗《す》ねるなよ」と真田が苦笑する。

「拗ねて黙ってないで、文句があるならはっきり言えよ」

まずはそこからだ、と真顔で言うあたり、真田は本気で一希のコミュニケーション能力をなんとかしてやろうと思っているらしい。

(……お節介な奴)

そう思いはするが、不思議と嫌な感じはしない。

「……文句があるんじゃなくて、図星すぎてぐうの音も出ないだけ」

「そっか。そりゃ悪かったな。——で、なにがあったんだ？」

どうやら諦める気はないらしく、真田がずいっと身を乗り出して聞いてくる。

「周囲の変化にちょっと戸惑ってるだけだよ……」

一希は諦めてぼそぼそと家の事情を話した。

母や姉とも思っている人達とすごす時間が、出産絡みでこれまでとは変わってしまいそうだと……。

「なんだよ。普通にめでたい話じゃないか」

「それはわかってるんだけど……」

わかっているから、瑛美達には寂しさを悟られぬように気を遣っているのだ。

それでも、寂しさを感じる心は自分ではどうしようもない。

一希は、はあっと深く溜め息をつく。

そんな一希を見て、真田が呆れたように言った。

「おまえ、我儘《わがまま》だなぁ」

「我が儘って、僕が？」

子供の頃ならともかく、今になってそんなことを言われるとは思ってもみなかった。

驚く一希に、「そうだ」と真田は頷く。

「我が儘っていうか、だだっ子みたいだ。姉みたいな人の子供なら、おまえにとっては甥《おい》っ子《こ》か姪《めい》っ子《こ》みたいなもんになるんだろ？　もう子供じゃないんだから、お姉ちゃんを取られて寂しがってばかりいないで、叔父《おじ》さんらしく新しい命をもっと喜んでやれよ」

「周囲の状況が変わるのが嫌なだけで、喜んでないわけじゃないよ」

「ならいいけどさ。自分だって去年から比べればけっこう変化してるくせに、周りには変わっちゃ駄目だなんて棚上げもいいとこだと思うぞ」

「……変わったかな？」

「変わっただろ。運転手つきの自家用車で偉そうに学校の門まで乗り付けてたのが自転車になったし、こっそりバイトもしてただろ？　ついでに言うと、俺ともこうやってしゃべってるしな。去年までとはえらい違いじゃないか」

言われてみると確かにそうかもしれない。

（そんなつもりはなかったんだけど……）

思いがけない指摘だった。

基本的に、一希はいつも変化を好まない。

嘉嶋家での幸せな生活がいつか終わるものだと知っているからこそ、少しでも長くこの幸せな時間を引き延ばしたいと身動きすることを恐れているから。

それでも、この幸せな生活を、いつか自分の意志で終わらせなければならないとも思っていた。

でも、やっぱりその日が来るのは辛いからずるずると先延ばしにして、先延ばしにしている罪悪感から目をそらすために、いつかくる日のための準備と称してこっそりバイトをはじめてみたりもした。

ここ最近の自分の変化は、変わろうとしての行為ではなく、変わりたくないがための悪あがきから派生したものばかりなのだ。

（周りから見ればそうは思わないのか）

単純に目立つのが嫌なのとバイトの足にするために、運転手つきの自家用車から自力での自転車通学に切り替えたことだって、事情を知らない周囲から見たら一希がただ活動的になっただけのように見えるのかもしれない。

こっそりバイトしていることはばれていないとしても、朝寝坊するようになったことだって、夜中になにかひとりでこそこそやっている結果だと思われているようだし……。

（だから志朗さんも、あんなこと言ったんだろうな）

――こそこそと男漁りに行く術を覚えたか？

そんな志朗の声が脳裏に甦《よみがえ》る。

あのときは、なぜ急にそこまで飛躍した疑いを持たれてしまったのかと呆然としたものだが、今になってやっとわかったような気がする。

志朗もまた、ここ最近の一希の変化を気にしていたのだろうと……。

(志朗さんも、引っ込み思案だった僕が活動的になってきているように感じてたのかも)

実際はむしろ逆で後ろ向きな行為なのだが、それをするに至った事情を一希が黙して語らない以上、それを志朗が理解することはない。

いまだに志朗は一希のことを誤解したまま。

けっきょくのところ、志朗にあんな疑いを持たれる原因を作ってしまったのは自分自身なのだから、どんなに蔑まれても自業自得だと一希は思っている。

もちろん、誤解を解く気なんてない。

誤解を解こうと思ったら、本当のことをすべて話す必要が出てくる。

適当な嘘を言って誤魔化すこともできるが、志朗に対してこれ以上の嘘はつきたくない。

だから一希は、この状況に甘んじているのだ。

その結果、志朗との関係も以前とは変わってしまった。

志朗はもう、後で部屋に来いとは言ってくれない。

その変わり、一希の部屋を不意に訪れて、有無を言わさず強引に抱いていく。

一希が勉強中だろうと、すでに夢の中だろうとお構いなしだ。

あの夜のように乱暴に服をはぎ取り、ろくな前戯もないままに強引に押し入ってきて、一希の身体を好きなだけ貪る。

そして、気が済んだら無言でさっさと自分の部屋に引き上げていく。

甘さの欠片《かけら》もない乱暴で性急な行為に翻弄されて乱れ、ぐったりしている一希には一切構わないまま……。

(本当に……嫌われちゃったんだな)

別に、それでも構わないと思っていた。

最初から、志朗との関係に愛情や優しさなんて求めていない。

ただの性欲処理の玩具《おもちゃ》として扱われることも厭《いと》わない。

どんな風に扱われようと、志朗のあの手で触れられて、あの腕に抱き締めてもらえるだけで満足だ。

肌を触れ合わせ、温もりを感じることができるだけでも幸せなのだから……。

だが、これは一希にとってだけの幸せだ。

(志朗さんはどうなんだろう?)

以前はともかくとして、今の志朗がこの行為を楽しんでいるようには思えない。

優しさの欠片もない行為にも拘《かか》わらず、唯々諾々《いいだくだく》と大人しくされるがままになって感じてしまう一希を見下ろす目はいつも苛立ちに満ちているし、暴力的だと思える程の力で一希を引き寄せる志朗の表情は酷く不機嫌そうだ。

(こんなの、志朗さんらしくない)

乱暴に扱われても一希は平気だけれど、暴力的なその所作はあまりにも志朗らしくなさすぎて違和感を覚えてしまう。

元からぶっきらぼうなところがあって、表情もあまり変えないから感情がわかりにくい人だったのに、ここ最近は常に苛立っているようで、満子や瑛美もそれに気づいて心配しているようだ。

（これって、やっぱり僕のせいなのかな？）

志朗が変わったのは、自分が酷く怒らせてしまったあの夜からだ。

それを思えば、やはりきっかけを作ってしまったのは自分なのだろうと一希は思う。

でも、その理由がわからなかった。

（僕が他の男と関係してるかもしれないってことが、そんなに嫌だったのかな？）

それは、もしかしたら独占欲とか、嫉妬《しっと》とかいわれている感情だったりするのだろうか？

（……なんてこと、あるわけないか）

一希は、そんな自分の考えを、思い上がりも甚《はなは》だしいとあっさり否定した。

一瞬でもそんなことを考えてしまった自分が恥ずかしい。

（僕なんかに、志朗さんが考えてることがわかるわけないんだ）

コミュ障と言われてしまうほどに、人とのつき合いがうまくできないのだから……。

だから理由はやはりわからない。

それでも、とにかく自分が志朗の不機嫌のきっかけになったことは間違いないはずだ。

――間違っていたのは自分、悪いのもぜんぶ自分。

いつだって、そうだったのだから……。

（志朗さんから、離れたほうがいいのかな）

自分が側にいなければ、離れたほうがいいのかな
そのほうが志朗のためになるのなら、思い切ってすべて打ち明けることで、なにもかもをお終《しま》いにするべきなのかもしれない。

割り切りの早い志朗のことだから、自分が目の前から消えたら、すぐにも平常心に戻るだろうし……。

（……でも、志朗さんから離れたくないな）

そこまで考えたところで、不意にそんな思いが胸の奥から湧いてくる。

――おまえ、我が儘だなぁ。

同時に、真田の声も耳に甦った。

（本当にそうなのかも……。けっきょく僕は、いつも自分のことしか考えてないんだ）

志朗のためにと思いながらも、最終的には自分の幸せのほうを優先する。

考えてみれば、今までだってずっとそうだった。

自分は嘉嶋家にいてはいけない人間だと、これ以上ここにいても迷惑にしかならないと自覚していたくせに、優柔不断と弱虫なのを言い訳にして、ずるずると決断を引き延ばし続け

てきた。

でもそれはたぶん、決断する勇気が足りなかったせいじゃない。

ここにいたいという自分の欲求に勝てなかっただけだ。

(僕って……酷い)

自分勝手だと自覚してもなお、やはりここから去る気にはなれない。

今の自分が志朗にとって害になっているとわかっているのに、どうしてもここに、志朗の側にいたいと願ってしまう。

(……なんて我が儘で、自分勝手なんだろう)

そんな自分を嫌だと思うのに、自分勝手で我が儘な願いをどうしても捨てられない。

一希は、自分の我が儘さに酷く落ち込まされた。


滅入《めい》っていたせいか、ペダルを漕ぐ足までもが酷く重い。

一希はいつもより酷く疲れて、暗い気持ちのまま帰宅した。

重い玄関ドアを開けると、屋敷の中から妙にはしゃいだ瑛美の声が聞こえてくる。

(瑛美さんのこの声のトーンって……。もしかして、志朗さんが帰ってるのかな?)

自分の顔を見たら志朗が不機嫌になるのがわかっているのに、すぐそこに志朗がいるのかもしれないと思っただけで勝手に志朗のいるほうへと身体が動いてしまう。

なんて迷惑な奴なんだろうと落ち込みながらも、一希は開け放たれたままの居間のドアから室内を覗き込んだ。

「ただいま戻りました」

予想通りそこには志朗がいて、満子や瑛美とお茶を飲んでいた。

「一希さま、おかえりなさい」

声をかけるとまず真っ先に満子が笑顔を向けてくれて、ついで瑛美が「いいもの見せてあげるから、こっちにいらっしゃい」と嬉しそうな顔で手招きしてくる。

「なに？」

一希を見るなり志朗があからさまに不機嫌そうに眉間に皺を寄せたことに胸を痛めながらも、一希は瑛美の側に近寄った。

「ほら、見て。——綺麗な人でしょう？」

瑛美から、開いた状態でソファの背もたれ越しに手渡されたのは、見合い写真だった。

和服姿の女性の写真を指差して、瑛美がはしゃいだ声を上げる。

「綺麗なだけじゃなく家柄も申し分ないし、頭脳明晰《めいせき》でいらっしゃるのよ。将来有望な女性官僚なんですって。その分、少し年齢はいってらっしゃるけど、世間知らずで落ち着きのない若い子よりも志朗さまにはお似合いよね。そう思うでしょ？」

「……うん」

一希は瑛美に向けて引き攣った笑みを浮かべた。

(お見合い、決まったんだ)

ここ最近、志朗が釣書に目を通すようになったからそろそろだろうと覚悟していたはずなのに、いざ現実になると酷くショックだ。

(……こういう女性が好みなのか)

そつなく上品に整った顔の小柄で華奢《きゃしゃ》な女性。

自分と似通ったところをまったく見出《みいだ》すことができずに、一希は軽く絶望する。

(でも、この人と結婚するってまだ決まったわけじゃない)

我ながら本当に往生際が悪いと思いながら、「お見合いの日取りは決まってるの?」と聞いてみたら、瑛美が「もちろん」と頷く。

「今日の夕食をご一緒する予定になってるのよ」

この女性とならば会ってもいいと志朗が親族に返答したことで、善は急げとばかりに張り切った親族が、急遽《きゅうきょ》彼女との食事の席を設けたのだと瑛美が言う。

「……そうなんだ」

「ですが、少し急ぎすぎでは? 志朗さまにも先様にも、心の準備がおありでしょうに
……」

気遣わしげに呟く満子に、「俺なら大丈夫だ」と志朗が答える。

「経歴からして彼女も周囲に流されるタイプではないだろう。見合いを受ける気がなかったら、うるさい親戚など無視して、直接こちらに連絡してくるぐらいのことはするさ」

「それなら、よろしいのですけど……」

志朗の説明に、満子はあまり釈然としていないようだ。

（志朗さん、この見合いを本気で進めるつもりなんだ）

一希は、志朗がなにを考えているのかわかってしまう自分が嫌になった。

すでに血筋や経歴などの条件はクリアしていて、最終チェックの意味合いで直接会ってみようとしているのだろう。しかも彼女が、この急な食事会の話に動じずにあっさり応じている時点で、かなり乗り気になっているようにも感じられる。

だとしたら、あと数日で一希を取り巻く状況はがらっと変わってしまう。

この写真の女性に志朗を取られて、今度こそ、なにもかもすべて失ってしまうのかもしれない。

（――嫌だ！）

心の奥底から、押さえきれない正直な叫び声が湧き上がってくる。

一希は、ここに、志朗の側にいたかった。

会ったこともないこの写真の女に志朗を取られるのは嫌だ。

沸き上がってくる強い欲求を、一希は堪えきれなかった。

「こんなもの!!」

堪えきれない衝動に突き動かされるまま、写真を思いっきり床に叩きつける。

「ちょっ、なにするの!?」

バシッと音を立てて床に落ちた写真を見て、瑛美が声を上げる。

その声に、一希はハッと我に返った。

(僕……なんてことを……)

全身からすうっと血の気が引いていく。

おろおろしながら、志朗に視線を向けると、やはり驚いた顔をしていた。

「ご……ごめんなさい」

一希は写真を拾い上げて瑛美に押しつけると、いたたまれなくなって慌てて逃げ出した。

そのまま自分の部屋に逃げ込み、普段はかけない鍵《かぎ》をかける。

ベッドに直行して、頭からすっぽり毛布をかぶって、ぎゅっと身を縮めた。

「ああ、もう、どうしよう。……このまま消えてなくなりたい」

よりによって写真を床に叩きつけるだなんて、なんて失礼な真似をしてしまったんだろう。

「僕……最低だ」

志朗に見合いを持ってきたのは嘉嶋の親族達だし、見合いを受ける気になったのは志朗自身だ。あの女性のせいじゃない。

それなのに、彼女の写真に思いっきり八つ当たりしてしまった。

そんな自分の狭量さが恥ずかしいし、あまりにも往生際が悪くてみっともないとも思う。

志朗の縁談が決まったら、潔くすべてを打ち明けて、ここから去るつもりだったのに、それが現実になりかけた途端、そんなのは嫌だとあんな最低な形で抵抗するなんて……。

(だって、どうしても嫌だったから……)

かつて一希は、自分が我が儘だと自覚できないほどに甘やかされて育った。

周囲とのトラブルを避けるため、やがて我慢することは覚えたけれど、欲しいものを諦める術はいまだに知らないまま。

もしかしたら、母がいた頃と同じように、ただ待ってさえいれば欲しいものがこの手の中に与えられることを期待する気持ちが心のどこかにあったのかもしれない。

そんな甘えた気持ちがあったからこそ、もう少しだけと何度も往生際悪くあがき続け、ずるずると嘉嶋の家に居続けてきたのかもしれない。

その結果がこれだ。

よりによって志朗の目の前で、最悪の形でキレてしまった。

いや、キレたというより、これじゃまるで自分の我が儘を押し通そうとして地団駄《じだんだ》を踏むだだっ子のようなものだ。

（恥ずかしい）

一希の行為を、志朗はどう思っただろう。

あの瞬間、驚いた顔をしていたけれど、今ごろはなんて無礼な奴だと呆れているかもしれない。

ここ最近、志朗との関係は悪化するばかりだったけれど、今回のことが最後のだめ押しになって今度こそ見捨てられてしまうかもしれない。

恥ずかしさを押しのけるようにして、徐々に重苦しい不安が胸に満ちていく。

毛布にくるまったまま、どうにもならない胸の苦しさにきゅっと身を縮めていると、部屋のドアがノックされ、ついでドアノブを捻《ひね》る音が聞こえてきた。

「一希、鍵を開けろ」

閉ざされたドアの向こうで、志朗が告げる。

（……開けたくない）

志朗に会わせる顔がない。

それに、志朗がさっきのことをどう思っているか知りたくもない。

このまま毛布にくるまって耳を塞ぎ、部屋に閉じこもっていたかったのだけれど……。

「一希？」

志朗の呼ぶ声に、一希が逆らえるわけがなかった。

条件反射的に身体が動き、気がつくと鍵を外してドアを開けている。

志朗は一希が開けたドアから無言のまま部屋の中に入ると、壁に沿って置いてある三人掛け用のソファに座った。

「そんなところに突っ立ってないで、こっちに来い」

言われてドアを閉めた一希は、ギクシャクとした動きで歩み寄り、志朗の目の前で俯いて立ちすくんだ。

「座ったらどうだ?」

志朗がポンとソファの空《あ》いている座面を叩いたが、こんな精神状態で隣りに座れるわけもなく、一希は俯いたまま黙って首を横に振る。

そんな一希を見て、志朗は大きく溜め息をついた。

「いったい、おまえはなにを考えてるんだ?」

呆れたような声に、思わず身が竦む。

お腹の前で両手をぎゅっと握りしめ、「ごめんなさい」と一希は小さな声で謝った。

「俺は怒ってるわけじゃない。謝るな。——なにを思って、あんなことをしたのかと聞いてるんだ」

言えと強い口調で迫られたが、一希は俯いたまま、また同じようにごめんなさいと小さく呟いた。

「まただんまりか……。俺に話しても理解されないと思っているのか？」

「……そんな……違います」

「だったら、どうしてだ？　ここ最近、乱暴がすぎたせいで萎縮《いしゅく》させてしまったか？」

黙ったまま首を横に振ると、志朗は深く溜め息をついた。

「そうだな。今にはじまったことじゃないか。以前からおまえには、妙に他人行儀で遠慮がちなところがあった。立場上、それも無理のないことなのかと思っていたが、それも俺の勘違いだったか……。──おまえは遠慮してたんじゃない。最初から嘉嶋家にうち解ける気がなかったんだ」

「そんなこと……」

ないです、とは言えない。

嘘をついて嘉嶋家にしがみついている以上、実子と同じように振る舞うことは許されない。そんな罪悪感と不安に苛《さいな》まれて、遠慮していたのは事実だから……。

答えに詰まる一希に、志朗はまた溜め息をついた。

「すっかり騙されていたな。まだ小さかった頃のおまえが、あまりにも無邪気に懐いてくるものだから、てっきり慕われているものだとばかり思っていたよ」

思い上がりがすぎたようだと、志朗が自嘲気味に呟く。

あまりにも志朗らしくないその口調に、一希はおそるおそる視線を上げて愕然《がくぜん》とした。

（志朗さんのこんな顔、はじめて見た）

口元にはうっすらと笑みが浮かんでいるのに、全然楽しそうに見えない。

一見すると穏やかにさえ感じられる表情なのに、その目元はまったく笑ってなくて、むしろどこか寂しそうにさえ見える。

その表情に、ぎゅうっと絞られるみたいに心臓が痛くなった。

（……僕のせいで、志朗さんが悲しんでる）

それは、決してあってはならないことだった。

自分のせいで志朗を悲しませるぐらいなら、騙されたと激しい怒りをぶつけられたほうが百万倍もマシだ。

（こんなの、駄目だ！）

――間違っているのは自分、悪いのもぜんぶ自分。

今度もきっとそう。

自分が口を閉ざしているせいで、志朗が傷つくだなんて、そんなの絶対に許されない。

「騙してないっ！　――僕、志朗さんが大好きです！」

一希は、お腹の前で組んだ手を白くなるぐらいに握りしめ、衝動的にそう叫んでいた。

（もう信じてもらえなくてもいい！）

一希がずっと恋心を秘め続けてきたのは、怖かったからだ。

志朗との関係に余計な波風を立てることで、習慣になっていたふたりの関係が変化するのが怖かった。

いつかすべての嘘がばれて最低の嘘つきだと見下され、ここにいられなくなる日が来たとき、この恋心までもが嘘だったのではないかと疑われるのが怖かった。

すべて我が身可愛さからのこと。

でも、もうそんなのどうでもいい。

今この瞬間の志朗の悲しみを癒《いや》すことができるのならば、この先の自分がどんなに傷つくことになっても構わない。

「もうずっと前から……僕はあなたに恋してたんです」

「恋を？」

「……そう……です」

頷いた一希は、また慌てて俯いた。

驚いているかのように軽く目を見開いた志朗の表情が、この後、どんな風に変わるのかを見るのが怖い。

面倒なことになったと困惑されるか、そんな気持ちは重すぎると鬱陶しがられるか……。

（きっと、これでもう抱いてもらえなくなる）

心の中に恋心を抱いていると知られてしまった以上、志朗は自分のことを性欲処理に都合がいい玩具として扱ってはくれなくなるだろう。

もうすべて終わったのだと、胸に喪失感が満ちていく。

（でも、まだ泣いちゃ駄目だ。ちゃんと志朗さんの質問に答えなきゃ……）

今回のことだけじゃなく、あの夜に志朗から聞かれたことも、もうすべて話してしまわなければ。

それで志朗に疎まれ、嫌われて、見捨てられることになってもかまわない。

これ以上、自分のせいで志朗が不機嫌になって怒ったり、自嘲気味に微笑んで悲しんだりするような姿を見せられるより、そのほうがずっといいと思う。

一希は、涙を必死で堪え、震える唇を開く。

「こ、このお見合いがうまくいったら、あの人に志朗さんを取られちゃうと思ったら、どうしても我慢できなくなって……。それで、あの人の写真に八つ当たりしちゃったんです。

──すごく……すごく失礼で、恥ずかしい真似をしました。……それと、あの……前に質問されたことなんですけど……」

「ん？」

「だから、あの……最初のときから……抱かれて感じたのはどうしてかって……」

自分からそれに言及するのがあまりにも恥ずかしくて、声が徐々に小さくなっていく。

「ああ、あれか」

「あれも同じ理由です。志朗さんのことが大好きだったから……だから、最初からあんな風になったんじゃないかと思うんです。……だって僕、志朗さんしか知らないし……」

本当に？　と聞かれた一希は、俯いたまま、はいと真っ赤になって頷いた。

「……ごめんなさい」

「どうして謝るんだ？」

「だって、こんなの迷惑でしょう？」

志朗からすれば、きっと一希も自分と同じように、このふたりの関係を性欲処理のためのものと割り切っていると思っていたはず。

それなのに、いきなりこんな重すぎる恋の告白をされてしまっては困るだけだろう。

（困らせたくなんかなかったのに……。これも、やっぱり僕が悪いんだ）

志朗に抱かれたことで、自分の中の恋に気づいてしまったあの日。

大好きな人に抱き締められたいと望む気持ちを押さえられずに、自分から誘うような真似をしてしまった。

志朗にとっては、これが禁忌の関係なのだと最初からちゃんと理解していたのに……。

「……ごめんな……さい」

堪えきれずに涙が溢れ出て、俯いた目元からぽろぽろと雫《しずく》になって床に落ちていく。

「男の子がそんな簡単に泣くもんじゃない」

志朗は叱るような口調でそう言った後、「いや。もう男の子という年でもないか」とふと口調を和らげた。

笑みを含んだその口調に、一希はハッとして顔を上げる。

(志朗さん、笑ってる?)

なぜこのタイミングで志朗が微笑むのか一希には理解できない。

「あの……僕の気持ち、迷惑じゃないんですか?」

思わず聞くと、「迷惑だとは思わないな」と志朗はあっさり答えた。

「それより、もうひとつ聞きたいことがある」

「なんですか?」

「あの夜、どこに行こうとしていたんだ?」

「あの夜って?」

「おまえの母親のかつての恋人に送られて帰ってきた後、もう一度出かけようとしていただろう?」

「あれはバイト先に自転車を取りに戻ろうとしてたんです」

「バイトなんかしていたのか」

「あ」

口を押さえたが、ときすでに遅く、「朝寝坊の原因もそれか」と志朗に呆れたように言われてしまった。

「……そうです。ごめんなさい」

「どうしてそんなことを？　小遣いが足りなかったか？」

「いえ。お小遣いは充分すぎるぐらいいただいてます。……そうじゃなくて、その……自分のお金が欲しかったから……」

「自分の金？」

意味がわからないと志朗が軽く首を傾げる。

（……もう全部言ってしまおう）

志朗が見合いをする気になってしまった以上、この家にいられる時間はもう限られている。適当な嘘をつけばバイトをしていた理由を誤魔化すこともできるけれど、志朗に嘘はつけない。

終わりがくるのをただ怯えて待つより、せめて最後ぐらいは勇気を出してはっきり自分の口からすべてを打ち明けて終わりにしたほうがいい。

「いつか、この家を出て行くときに必要だから……」

「出て行くだと？」

志朗が急に立ち上がり、両手で一希の肩を強く摑んだ。

「俺を好きだと言った舌の根も乾かぬうちに、なぜそういう話になる？　なにが不満なんだ」

「不満……なんてないです」

肩を摑む力の強さに眉根を寄せながら一希は断言した。

「では、どうして？」

重ねて聞かれて、もうこれ以上引き延ばせないと、一番言いたくなかった言葉を口にした。

「僕が……嘉嶋家の血を引いた人間じゃないからです」

（ああ、言っちゃった）

これで、本当にもう後戻りはできない。

嘘をついていた自分を、志朗がどう扱うのか。

（きっと怒るだろうな）

誇り高い志朗が、長年騙されていたことを許すわけがない。

それを思うと怖くて仕方なくて、一希は俯いてぎゅっと目を閉じた。

だが、志朗は一希の予想とはまったく違う言葉を口にした。

「今さらなにを言ってるんだ？」

「――え？」

思いがけない反応に、一希はおそるおそる顔を上げる。

「前から言っているだろう。親父《おやじ》がおまえを嘉嶋の家に入れると決めたんだ。おまえが気にする必要などない」

「えっと、そういう意味じゃなくて……。――僕が本当はお父さんの実の子じゃなかったってことなんですけど……。他人なのにいつまでもお世話になるわけにはいかないから、いずれはこの家から出てかなきゃと思ってて……」

「だから、その必要はないと言ってるんだ」

「でも……」

「でもじゃない。この期《ご》に及んで、なにをごねて――」

突然志朗が、ハッとしたように口を閉ざし、一希の肩を掴んだまま軽く屈《かが》んで、正面から顔を覗き込んでくる。

「おまえ、まさか知らなかったのか？」

「なにを？」

「おまえの母親の事情をすべて承知した上で、親父がおまえを引き取ったってことをだ」

「事情って？」

「親父は、おまえの実の父親の家におまえを渡さないために実子として認知したんだ」

「……え？」

なにがなにやらさっぱりわからない。

混乱しきって、首を傾げるばかりの一希に、志朗は噛んで含めるようにゆっくりと事情を説明してくれた。

そもそものはじまりは実父の早すぎる死だったらしい。

一希の実父は生来身体が弱く、産まれたときから二十歳までは生きられないと言われていた人だった。そんな彼と母が出会って恋に落ちたのは、彼の死の三ヶ月前のこと。そして母が妊娠に気づいたのは彼が死んだ後だった。

最初のうち母は、自分ひとりの子として一希を育てようとしていたらしい。だが、孫の存在に気づいた実父の両親から、一希を渡せと強く迫られ統悟に助けを求めたのだ。

「それって、母さんがお父さんの愛人だったからですよね？」

「いや、違う。おまえの母親の面倒を見ていたのは事実だが、愛人としてではなく、隣家で育った幼馴染み《おさななじ》というか、兄妹のような間柄だったようだ。男女の関係だったことは一度もないと親父は言っていた」

助けを求められた統悟は、自分の子として認知することで一希を守った。

そして実父の両親は、嘉嶋家の力の前に屈して、一希を手に入れることを諦めたのだ。

「俺がこの話を聞いたのは、おまえの母親の葬儀の後だ。そのとき、親父からはおまえもすべて承知している話だと聞いていたんだが……」

どうなんだ？　と確認するように聞かれて、一希はゆっくり首を横に振った。

「……僕、なにも知らないです」

母の死後、嘉嶋家へ正式に引き取られることになったとき、「お兄さん」と上手く呼べなかった一希に、志朗は「自然体でいい。無理するな」と言ってくれた。

あれは、無理してまで兄弟のふりをしなくてもいいという意味だったのか。

(そんな……まったく気づかなかった)

みんなを騙していることが苦しかった。

いつまでここにいられるのだろうかと、いつも不安だった。

「ずっと……母さんがお父さんを騙したんだって思ってて……。だから、いつかこの家から出なきゃいけないいって……。いつか、本当のことがばれたら、きっと志朗さんに嫌われるって……怖くて……」

それらすべてが無駄な心配だったと知った一希は、ただもう呆然となった。

(母さんが死んだとき、僕にもっと勇気があったら……嘘をつく道を選ばなかったら、こんなに長く悩まずに済んだってこと?)

我が身可愛さのあまりに口を閉ざしたことで、逆に自分を傷つけ続けていたなんて、なんと愚かだったんだろう。

身に染みついていた罪悪感と不安から急に解放され、ふうっと身体の力が抜ける。

かくっと膝が抜けた一希を、志朗が抱き留め支えてくれた。

慌てて身体を離そうとしたが、逆に懐深く抱き締められる。

「一番近くにいたのに気づいてやれなくて悪かった」

母の死に混乱していた幼い日の自分を安心させてくれたときと同じ力強い腕と、耳元で響く真摯な声。

その温かさに、一希はぼろぼろと涙を流した。

「謝らないでください。……ぼ、僕が……臆病なのが悪かったんです」

抱き寄せられるまま志朗の胸に顔を埋《うず》めて、ぎゅっと抱き締め返す。

「臆病じゃない。おまえは頑固なんだ。本当に臆病だったら、こんなに長く口を閉ざしてはいられなかったはずだ」

馬鹿な奴だと穏やかな声で志朗が呟き、泣き続ける一希の背中をまるで宥《なだ》めるように撫でてくれる。

「俺達は一緒にいる時間のわりに会話が足りなかったのかもしれないな。これからは、もっと話をしよう」

その言葉に、一希は顔を上げた。

「これから？」

「ああ、そうだ。誤解は解けたんだ。もう出て行くとは言わないだろう？」

当たり前のように言われて、涙に濡れた顔のまま首を横に振る。

「……志朗さんの婚約が決まったら、もうここにはいられません。そんなの辛すぎるし……」

「そう深刻に考えるな。俺の場合、結婚は家同士の繋《つな》がりを強くするためのものでしかない。もちろん、その相手には政略結婚だと承知している者を選ぶつもりだ。おまえの存在ぐらい黙認させるさ」

「黙認だなんて……」

（そんなの無理だ）

万が一、見合い相手が志朗の考えを受け入れたとしても、さすがに同じ屋根の下に愛人がいるような生活を許容できるはずがない。

それに、最初は政略結婚だったとしても、共にすごす時間が長くなればなるほど、伴侶《はんりょ》に対する情が湧くものなのではないだろうか？

その情が、愛情と呼ばれるものに変質しないとも限らない。

そうなったとき、きっと伴侶となった女性は苦しむことになる。

自分が存在するだけで、誰かを酷く傷つける。加害者になってしまうかもしれない状況に、自分が長く耐えられるはずがない。

それに一希自身、これぱかりは志朗の考えを許容できない。

志朗の妻という立場を得た女性に対する嫉妬心を、押しとどめることなんてできそうにないから……。

「僕には無理です。お見合いをするって聞いただけで、あんな失礼な真似をしちゃったのに……」

「素知らぬ顔で一緒に暮らすことはできそうにないか？」

志朗から少し困った顔で聞かれて、一希は頷いた。

「ごめんなさい」

「謝るな」

再びぎゅっと抱き締められて、一希は志朗のスーツに顔を埋めた。

（志朗さん、僕のために困ってくれてるんだ）

少なくとも側に置きたいと思ってもらえている。

それがわかっただけでも一希にとっては充分に幸せだった。

こうして抱き締めてもらえるのもあと少し。

（……覚えておこう）

志朗の腕の力や温もり、ぎゅっと抱き締めてもらえるこの幸せを……。一希は、志朗の胸に頬《ほお》をすり寄せた。

と、そのとき、部屋のドアをノックする音が響く。

志朗さま、と呼びかける声は満子のもので、一希は慌てて志朗から離れようとした。

だが抱き寄せる志朗の腕の力は弱まらず身動きできない。

「志朗さん、離してください」

慌てる一希には構わず、志朗はドアの外の満子に声をかけた。

「なんの用だ？」

「そろそろお出かけの準備をなさいませんと、お約束の時間に間に合わなくなりますが」

今にもドアが開かれるのではないかと一希はハラハラしたが、不思議と満子はドアを開けることなく、ドア越しに志朗に話しかけてきた。

「外出は取りやめだ。キャンセルの連絡は俺から入れておく」

「では、夕食はこちらで？」

「ああ、頼む」

わかりましたと答えて、満子はドアから離れていった。

「……どうして、ドアを開けなかったのかな？」

抱き合っているところを見られずに済んでほっとしたものの、いつもと違う満子の行動が不思議で仕方ない。

ぼそっと呟く一希を見下ろして、「馬に蹴《け》られたくはなかったからだろう」と志朗は当然のように言う。

「馬に？」

それは、人の恋路を邪魔する奴は……に続くフレーズだ。

だが一希には、そのフレーズを使う理由がわからない。

首を傾げる一希を見て、志朗は少し呆れた顔をした。

「俺達が汚した寝具を誰が綺麗にしてくれていると思ってたんだ？」

「え？　あ……じゃあ……まさかばれて……」

真っ赤になった一希に、志朗は頷いた。

「はっきりと確認されたことはないが。最初のうちはけっこう睨まれていたよ」

無理強《むりじ》いしたのではないかと疑われていたようだと、志朗が言う。

だが、その後の一希の表情に悲壮感がなかったせいか、同意の上のことだと納得して黙認してくれるようになったと……。

「そんな……」

誰にも知られていないと思っていた迂闊《うかつ》な自分が恥ずかしい。

一希は思わず志朗の胸で顔を隠した。

「そう気にするな。満子は俺達の味方だ」

愛おしむように髪の毛にキスされて、一希は小さく頷く。

そして少し落ち着いたところで、はっと思い出した。

「お見合い、延期するつもりなんですか？」

志朗のお見合いを歓迎する気にはなれないけれど、嘉嶋家次期当主としてそれが仕方のないことだってことぐらい充分にわかっている。写真を床に叩きつけるだなんて最低な真似をした自分を宥めるために、わざわざ日延《ひの》べする必要なんてない。

そこまで迷惑をかけたくはなかった。

「延期じゃない。キャンセルだ」

「そんな……。どうして？」

「おまえに出て行かれたくないからな。頑固なおまえを説得するより、見合いを取りやめたほうが手っ取り早いだろう？」

「僕のことなんて気遣ってくれなくても大丈夫です」

「おまえを気遣ってのことじゃない。俺がおまえを手放したくないんだ」

「……え？」

それがどういう意味かと考えてみたら、自分にとって都合のいい答えばかりが脳裏に浮かんでしまう。

（でも、そんなこと……）

そんなことあるわけないと思ってさっきは聞き流してしまったが、馬に蹴られて……という志朗の言葉が、再び意味を持って胸に迫ってくる。

それでもやっぱり、自分が随分と思い上がった考え方をしているような気がして、なんだか気が咎《とが》めてしまう。

困り切っておろおろと視線を彷徨《さまよ》わせる一希を見て、志朗がわざとらしく溜め息をついた。

「おまえは案外鈍いんだな。——ここ最近、俺がどうして機嫌が悪かったのか、まったくわかってなかったのか？」

「それは、僕がこっそり夜に出歩いてたから……」

「こっそり出歩いて、俺の知らない男とふたりきりで会っていたからだ。——俺は嫉妬していたんだよ」

「……ホントに？」

呆然として聞くと、志朗は深く頷いた。

「おまえにとって俺がはじめての男だってことぐらい最初からわかっていた。それなのにあんな言いがかりをつけたのは、あの男に嫉妬したからだ。……嫉妬などという、愚かな感情を抱《いだ》く自分の狭量さに苛立ってもいた。もちろん、おまえの頑固さにも腹を立てていたがな」

「……ごめんなさい」

「謝るな。この件に関しては、全面的に俺が悪い。おまえが無抵抗で身を委《ゆだ》ねてくれることに安心しきって、自分の気持ちを言葉にしてこなかったんだからな。……おまえが俺の知らないところで他の男と会っていると知ってからは、万が一拒絶されたらとプライドが邪魔して、やはり言葉にすることができなくなった。その挙げ句、ひとりで苛立ち、おまえに酷く当たってしまった」

辛かっただろう？　と聞かれて、一希は首を横に振った。

「そんなことないです。……ただ、ちょっと悲しかったけど……」

「悪かった」

志朗の手がそっと一希の頬を撫でる。

一希は目を閉じ、その手に頬をこすりつけるようにして首を横に振る。

「僕なら、平気です」

「そうか……。ありがとう」

ほっとしたような志朗の声の響きに、胸がきゅんと痛くなる。

随分と長く一緒に暮らしてきたけれど、こんなに長く会話したのははじめてかもしれない。

志朗からの謝罪や感謝の言葉もはじめて聞いたような気がする。

(もっとたくさん話せばよかった)

聞きたいことも話したいこともたくさんあったのに、元来無口な質の志朗だけにうるさくされるのは迷惑なのではないかと遠慮して、自分から話しかけることをしなかったのが悔やまれる。

満子達への態度を見る限り、こちらから話しかけさえすれば、志朗はいつだって快く応じてくれていたのに……。

「一希?」

「はい」

呼ばれて顔を上げると、いつにも増して真剣そうな志朗の目と出会う。

「おまえを愛してる」

志朗らしい飾らないストレートな言葉が、すんなり一希の心に届く。

その言葉は、長い間苦しめられていた罪悪感と不安が消え去って、ぽっかり空いていた胸の空洞にきらきらと反響した。

「……嬉しい」

気がつくと、一希はそう呟いていた。

その口元には、無意識のうちにほんのりとした微笑みが浮かんでいる。

「俺の側にいるな?」

「はい。います」

「そうか。よかった」

心から安堵《あんど》したようにそう呟いた志朗の口元にも、僅かな笑みが浮かんだ。

なんだか勿体ないような気がして、その微笑みから目を離せない。

一希は、志朗の唇がゆっくりと近づいてくるのをじっと見つめ続けていた。

(今まではいつも目を閉じていたっけ……)

いつも志朗から触れてもらえるのを心待ちにしながら、目を閉じて愛しい人の柔らかな唇が触れるのを待っていた。

求めてもらえるまでは自分からは動かない。

自分は、スイッチを入れてもらえるまで動けない玩具のようなものだと思っていたから……。

でもそれも終わりだ。

「僕も、あなたを愛しています」

一希は唇に笑みを浮かべたまま、背伸びすると、志朗の首に腕を絡めて進んでキスを迎え入れた。

柔らかな唇の感触を楽しみながら深く唇を合わせる。

「……ん」

舌を絡め合い口腔《こうこう》内を優しく探られると、甘い鼻声が零れる。

キスなんて今まで何度も交わしてきたはずなのに、なんだかはじめてみたいにドキドキして、胸が苦しいぐらいだ。

（……違う。これがはじめてなんだ）

恋人とするキスは……。

お互いの気持ちを確かめ合うための甘くて幸せなキス。

はじめて味わう幸福に一希は酔いしれた。

「さすがに、今はこれ以上は無理か……」

やがて志朗は、名残惜《なごりお》しげに一希から離れると、キスで濡れた一希の唇を指先でぬぐった。

そして、見合いをキャンセルするための連絡を入れなければならないからと部屋から出て行く。

さっきのキスの甘さが身体の奥に残っているようで、一刻も早く志朗とふたりきりになりたかったが、その後は夕食だなんだとふたりきりになる時間がないまま。

瑛美達を玄関先で見送った後、すっかり焦《じ》れていた一希は、まっすぐ志朗の部屋へと向かった。

呼ばれたわけじゃなく、はじめて自分の意志で志朗の部屋のドアをノックする。

「来たか」

部屋に入ると、志朗は腕を広げて迎えてくれた。

一希は、微笑んでその腕の中に飛び込み、志朗の身体を自らぎゅっと抱き締めた。

「志朗さん、大好き。本当に……ずっと好きだったんです。こんな日が来るなんて、まるで夢みたい」

今まで言えなかった素直な気持ちをそのまま口にできることが本当に嬉しい。

「ああ、わかってる」

抱き締め返してくれる志朗の強い腕の力に、昔と同じように安心して自然に吐息が零れた。

「ひとりで苦しんでいるのを気づいてやれなくて悪かった。……ずっと辛かっただろう」

可哀想《かわいそう》に、と心の内を思いやってくれる志朗の優しい言葉に、一希の目からはまた涙が溢れ出す。

「そんな……謝ってもらえる資格なんて、僕にはないんです。誤解していたとはいえ、僕はずっと自分の意志で嘘をついていたんです。……いけないことだってわかってたのに、ひとりになるのが怖くて、自分が嘉嶋家の本当の子供じゃないってことをずっと黙っていたんですから……。――僕が……すべて僕が悪いんです」

――間違っていたのは自分、悪いのもぜんぶ自分。

今までだって、いつもそうだったのだから……。

一希が軽い自己嫌悪に唇を噛むと、「馬鹿を言うな」と頭の上から志朗に叱られた。

「あの頃、おまえは子供だったんだ。ひとりになるのを恐れるのは当然のことだ。そう自分を責めるな。――自分を責めるおまえはあまりにも痛々しすぎて、俺まで辛くなる」

「志朗さんまで？」

「ああ。おまえだけが悪いだなんて、そんなことあるわけがない。子供だったおまえを、嘘をつかざるを得ない状況に追い込んだ状況や、周囲の人間達にも非はあるんだ。だからこそ、すべての非をひとりで背負おうとするおまえを見せられるのは辛い。おまえを安心させてやれない自分の非力さを思い知らされるようで……」

「僕、そんなつもりじゃ……。ごめんなさい」

志朗の声が本当に辛そうで、一希はおろおろして志朗の顔を見上げた。

「わかってる。ずっと自分ひとりですべて抱え込んでいたせいで、おまえは誰かに頼ったり甘えたりする術を本当には知らないんだろう。おまえがそうやって俺を気遣ってくれるのと同じ気持ちを俺も持っているんだ。おまえが辛そうにしていたら、やはり俺も辛い。——そういうことを、おまえはこれから覚えていかないとな」

ゆっくりでいいからと、志朗が言う。

その優しい視線を受けとめていたらなんだかとても切なくなって、一希はたまらず志朗の胸に顔を埋めた。

（……相馬さんもそうだったのかな）

相馬が突然脅迫する意志を捨ててくれたのも、そういうことだったのだろうか？

僕が悪かったのかな？　と泣きながら自分を責める一希を見て、相馬もまた辛い気持ちになったのだろうか？

答えはわからないけれど、おまえは悪くないと言ってくれた相馬の優しさが、今になって心に染みてきた。

そういうことに気づかせてもらえたことが嬉しくて、ぎゅっと志朗を抱き締めると、「大きくなったな」と唐突に言われた。

「出会ったときは、今の半分ぐらいだっただろう。あまりに小さくてひ弱そうで、正直どう扱っていいか戸惑っていたよ」

「半分はちょっと言いすぎです」

顔を上げて微笑むと、そのままキスされた。

「……ふっ……」

背伸びして夢中になってキスに応じていると、志朗の手が脇腹を移動してシャツをめくろうとする。

「あ、駄目です」

一希はその手を慌てて摑んで止めた。

「抱かれたくないか？」

いいところで止められた志朗は少し不機嫌そうだ。

一希は「違います」とはっきり否定する。

「今日はまだシャワーを浴びてないから嫌なんです。……前に一度だけ嫌がって志朗さんを怒らせたときも同じ理由だったんです」

「そうだったのか……。そんなこと、俺は気にしないが」

「僕は気にするんです！　五分……いいえ、十分だけ待っていてください。すぐに準備してきますから」

志朗の答えを待たずに、一希は部屋から飛び出して行った。

バタバタと走り去って行く足音を聞きながら、志朗はひとり苦笑する。

「あんな姿、はじめて見たな」

一希はいつもなにかに遠慮するように足音を忍ばせて歩いていたし、声を荒らげることもなかった。

もしかしたら、こっちが素なのだろうか？

どうやら、まだまだ自分は一希のことを知らないようだ。

これからが楽しみだと、志朗は僅かに唇の端を上げた。


一希は本当にそれから十分後に志朗の部屋に戻った。

慌てていてろくに拭かなかったから、髪は濡れているし、バスローブの下の肌には水滴まで残っている。

「ちゃんと拭いてこい。風邪を引くぞ」

部屋に備え付けのブースでシャワーを浴びたのか、やはりバスローブ姿の志朗が、側にあったバスタオルを一希の頭に被せてごしごしと拭いてくれる。

世話を焼いてもらえるのが嬉しくて微笑むと、その微笑みにつられたように唇にキスをされた。

「……んん……」

キスからはふわっとブランデーの香りがする。

うっとりして夢中になってキスに応じていると、そのまま抱き上げられベッドに運ばれた。

「志朗さん」

そうっとベッドに横たえられた一希は、覆い被さってくる志朗の肩に腕を回してその重い身体を受けとめる。

唇をくすぐるように舐《な》められ、唇で唇を咬《か》まれる。

バスローブの合間から滑り込んできた志朗の手が素肌を撫で、キスされただけで硬くなっていた乳首を弾《はじ》く。

「あっ」

きゅっと強くつままれ甘い疼痛《とうつう》に思わず声を上げると、今度は指先でこねくりまわされた。

「あ、だめ……」

そこから、じんっと甘い痺れが広がっていく。

「気持ちいいか？」

頷くと、今度は志朗の唇がそこに触れる。

「んあ、……やっ……あ……」

カリッと甘噛みされ、宥めるように舌先で嬲《なぶ》られ、強く吸われてそのたびに声が漏れる。肌の感触を楽しむように、志朗の手の平で身体中を撫でられ、その心地《ここち》好さに一希はとろんと酔いしれた。

（なんだろう、これ……）

いつもよりずっと深く、敏感に感じてしまう自分の身体に戸惑う。

触られてもいないのに、身体の中心はもう熱が溜まって形を変えてしまっている。

「ここ、もう濡れているぞ」

ボクサータイプの下着の上から、志朗がぎゅっと形を変えたそれを握り込んでくる。

「んあっ……や……」

ただそれだけの刺激でじんと腰が甘く痺れて、一希はビクッと身体を震わせる。

「これじゃ、もちそうにないな。先に一度抜いておくか」

志朗が一希の下着を取り去り、顔を埋めようとする。

「あ、待って」

一希は、迫り上がってくる快感に必死に逆らいながら、志朗を止めた。

快楽に流され我を忘れてしまう前に、一希にはしてみたいことがあった。

「僕にも、させてください」

「なにを？」

「その……僕も志朗さんに触りたいんです」

「今までだってずっと触ってきただろう」

「そうじゃなくて、僕だって志朗さんを気持ちよくさせてあげたいんです」

身体を起こした一希は、実力行使とばかりに自分から志朗にキスをした。

唇から顎へ、そして喉元《のどもと》へとそのままキスを続けていく。

ちゅうっと乳首に吸いつくと、珍しく志朗が声を上げて笑った。

「赤ん坊に吸われているみたいだな」

「……僕、赤ちゃんじゃないです」

一生懸命だったのに笑われて一希は少し拗ねる。

「志朗さんが好きだから、ずっとこんな風に触りたいって思ってたんです」

「そうか……。今までは遠慮していたのか」

一希は黙ったまま頷く。

「わかった。好きにしろ」

愉快そうにそう言うと、志朗は自分からベッドに仰向けに寝転がった。

「ありがとうございます」

一希はいそいそと志朗の顔の脇に手をついて、また唇にキスをする。

志朗はどうやら面白がっているようで、いつものように自分からリードしてくれない。

だから一希は、いつも志朗がしてくれるようにしてみた。

「……っ……ん……」

舌を搦め捕って擦《こす》り合い、吸いついて甘噛みする。

志朗の薄い唇を舌でぺろぺろと舐めて、唇で咬む。

ちゅっちゅっと音を立てて喉元から胸へとキスを落とし、また乳首に吸いついた。

が、やはり赤ん坊みたいだと志朗が笑うので諦めて、さらに下のほうへとキスを落としていく。

（僕の身体と全然違う）

胸から脇腹へと滑らせた手の平に触れる志朗の筋肉質な身体に、思わず溜め息が零れた。

ことあるごとに華奢だと言われ続けてきたけれど、こうしてじっくり志朗の身体に触れてみると、本当に自分の身体は貧弱なんだと実感させられてしまう。

下の茂《しげ》みも、そこから頭をもたげている志朗自身も、一希のそれとはまったく違って雄の匂いがした。

それに触れて軽く擦り上げると、みるみるうちに形を変えていく。

嬉しくなってゆっくり下から上へと舌を這わせ、張り出した部分をかぷっと咥《くわ》えて刺激した。

「……ん……ふっ……」

手と唇に直接感じる志朗の熱と鼓動に煽《あお》られて、一希の身体も熱くなる。

夢中でしゃぶり続けるうちに、頭がぼうっとしてきて、もう我慢できなくなった。

一希は志朗の先端から溢れる雫を指先に掬《すく》い取ると、そのまま自分の後ろに塗り込める。

志朗のそれを舐めながら、はじめて自分でそこにつぷっと指を入れて中を押し広げるように動かす。

ご褒美のように志朗の大きな手が頰を撫で、耳元をくすぐられた。

「いい眺めだ。……そそられる」

「んっ」

その言葉に反応して、身体がぶるっと大きく震えた。

指をくわえ込んでいる後ろが、甘く蠢《うごめ》いてもっと熱いものを欲しがっている。

(も……だめ……)

一希は身を起こすと、自ら志朗の上にまたがった。

「大丈夫か?」

「ん。……させて、ください」

熱に浮かされたような顔で頷き、志朗の熱に手を添えて欲しがってヒクついているところにあてがった。

「あ……あ、は……」

軽く腰を落としただけで、一希の身体はくぷっと自らそれを呑《の》み込んでしまう。

僅かな疼痛も押し広げられる圧迫感も、快感を深める要因でしかない。

志朗の熱を感じるだけで不意に足の力が抜け、ぐっと自分の体重の分だけ一気に奥深くまで志朗を受け入れてしまう。

「あっ！　すご……あ、いい……」

じんと痺れるような甘い波に、一希は背を反らして吐息を零した。

「無茶をするな」

「平気……です。……んんっ……あ……」

最初の波が去った後、今度は腰を浮かしてギリギリまで引き抜き、また深くまで落としていく。

一希は目を閉じ、志朗の腹に手をついて、中で感じる喜びに意識を集中しながら何度も同じ動きを繰り返した。

志朗の熱を感じる内壁が生き物のように蠢いて、もっと欲しいと志朗を熱く包み込む。

「あ……あっ……いい……。も、止まらない。……ね、志朗さん、は？」

夢中になって身体を動かす一希を、志朗は愛おしげに見つめた。

「もちろん。たまらないよ。——だが、これでは駄目だろう」

志朗は、一希を支えるように添えていた手で一希の腰を摑むと、ぐっと少しだけ後ろに押した。

「あっ‼　――それ、駄目っ」

身体を落とすタイミングで、一希の感じる部分を志朗の熱がごりっと強く擦っていく。

たまらず悲鳴をあげた一希は、強すぎる刺激から逃れるようにいやいやと首を振る。

「嫌じゃないだろう。おまえのいいところはここだ。今まで散々教えてやったのに、まだ覚えてないのか？」

もちろん覚えてる。覚えてるけど……。

「僕だけ……気持ちよくなるの、嫌……なんです」

今日は自分が志朗を喜ばせてあげたいのだ。

自分の快楽に溺《おぼ》れてしまってはそれもできなくなる。

さっきの強い刺激で一気に迫り上がってきた快楽の波をじっとしてやりすごしながら、一希はぼそぼそとそんなことを訴えた。

「馬鹿だな」

一希の真剣な訴えに、志朗は呆れた顔をする。

「おまえが感じれば感じるほど、おまえのここは柔らかくなって俺を包み込んで締めつけてくるんだぞ」

「ひあっ」

繋がったところを指でなぞられて感じた一希はびくびくっと甘く身を震わせた。

同時に内壁までもが淫《みだ》らに蠢き、呑み込んだ志朗の熱をきゅうっと締めつけてしまう。

「ほら、自分でもわかるだろう？　おまえの喜びは俺の喜びなんだ。我慢せずにもっと溺れてしまえ」

「あっ……やあ……ああん……」

腰を強く摑まれ、下から何度も強く突き上げられる。

そのたびにこみ上げてくる甘い喜びに、一希は顎を上げ、背を反らして乱れた。

「……いい眺めだ」

「やっ……まだ」

前触れもなく不意に引き抜かれて一希が不満を零す前に、ぐいっと身体を押されてベッドの上に背中から倒れ込む。

「もっと見せろ」

「んっ……」

すかさず覆い被さってきた志朗が耳元で低く囁き、大好きな人の声の響きにぞくぞくっとたまらない震えがくる。

そのまま足を割られ、志朗の熱を一気に奥まで押し込まれた。

「あっ……ああっ！」

強く穿《うが》たれ、何度も何度も突き入れられる。

「だめ、だめ、も……いっちゃう……あっ……ひっ……」

「いいぞ。何度でもいかせてやる」

激しく動く志朗の腹に擦れていたものを、志朗の手が摑み強く擦り上げる。

その刺激に一希はあっさり放ってしまったが、熱は一向に冷めなかった。

昂《たか》ぶったままのそれからは雫がひっきりなしに零れ続け、志朗が激しく動くたびにビクビクと震える。

「くっ……。いつにも増して中も凄いな。一希、自分がどんな風になってるか、わかってるか？」

「や……んっ」

からかうように耳元で囁く声に、またぞくっと来る。

強く穿たれ、揺さぶられるたびに否応なく甘く震える身体。

射精の瞬間の鋭い喜びがもうずっと持続し続けていて、一希の神経は焼き切れそうだ。

「ふあ……あっ……ああ……ひっ……志朗……さん……志朗さんっ……」

浅く熱い息を吐きながら、一希は必死で志朗の名を呼び、その身体に力の抜けた腕でしがみつく。

「あっ……ふあ……好き……大好き……」

愛してる、と今まで決して言えなかった言葉を口にするたび。身体の奥から湧き上がってくる甘い喜びに一希は恍惚となる。

知らぬ前に涙が溢れ出て、志朗はそれを美味しそうに舐めた。

手の平に感じる汗、肌で感じる温もり、耳元で感じる激しい息づかい。

志朗のなにもかもに酔いしれ、我を忘れて喜びに浸る。

「志朗さん……いい……あっ……」

「――一希っ」

志朗が一際激しく動き、奥深くに埋めたそれが、一希の身体の中でぐっと存在感を増す。

「あっ――ああっ!!」

身体の最奥に注ぎ込まれる熱い奔流に流されるまま、一希は甘い喜びと幸福感に包まれてふわっと意識を手放した。


甘いまどろみから目覚めると、志朗の腕の中にすっぽりと抱き込まれていた。

「大丈夫か?」

気づいた志朗に聞かれて、小さく頷く。

今までだって何度も気を失ったことはあったが、なんだか今日はやけに照れ臭く感じる。

志朗の胸に顔を埋め、気持ちよかった、と素直に告げると、志朗は優しく背中を撫でてくれた。

幸福感に満たされてうっとりしていると、素直な望みが不意に口をついて出た。

「……今日は、朝までここにいてもいいですか？」

「ああ。今までもそうしろと言っていただろう」

(そうだった)

差し出してくれた志朗の優しさを頑なに拒んでいたのは自分だ。

そうしたほうが志朗のためだと思っていたけれど、その頑《かたく》なさが志朗を傷つけたこともあったのかもしれない。

「……ごめんなさい」

「謝るな。もうわかったから……」

「はい」

宥めるように頭を撫でられて、一希はうっとりと目を閉じた。

「志朗さんは、いつから僕のことを思ってくれていたんですか？」

なんとなく恥ずかしくて目を閉じたまま聞いてみる。

「そうと気づいたのは、はじめて抱いた後だ。——それまでは、ただ可愛いばかりだと思っていたんだが……」

表情が硬いせいもあって子供には怖がられる質なのに、最初から臆することなく懐いてきた一希が本当に可愛かったのだと、志朗は教えてくれた。

母を失い、泣きじゃくる姿を見たときは、自分が守らなければと思ったとも……。

「そう思うのは、同じ血を引く弟だからかと思っていたら、親父からおまえとは血の繋がりがないんだと知らされて、少しばかり困惑した」

優しい父より、無愛想な自分のほうに懐いている一希が可愛くてならなかった。

手放したくない、側に置いておきたいと思う自分の気持ちの強さに戸惑い、持て余すようになった頃、不意にベッドの中で一希に抱きつかれて衝動的に抱いてしまった。

「あの……今さらなんですけど、あのときは誘おうとして抱きついたわけじゃないんです」

「わかってる。おまえに責任転嫁《てんか》するようなことを言って悪かった。……正直俺も戸惑っていて、自分の気持ちを把握しきれていなかった。まだ高校生だったおまえに欲望を抱いてしまった自分を素直に認めることができずに、つい心にもないことを口走ってしまっていた。

——おまえが誘ったわけじゃない。俺がおまえを欲しいと思っていたんだ」

保護者としての自分と、一希を欲する男としての自分。

その間で揺れ動く自分の心に困惑し、どうすべきか答えを見出せなかった。

その焦りを一希に向けてしまったのだ。

「二度目のときもまだ戸惑っていた。どうすべきか悩んで、一度伸ばした手を引きかけたんだが……」

その手を一希に掴まれ、引き止められて、はっきり心が定まったのだと志朗は言った。

「やはり手放せないと思った。おまえを愛おしいと思ったよ」

無垢《むく》な身体をためらいもなく委ねてくれた一希もまた、自分を慕ってくれているのだろうと感じていた。

だが、一希はいつまでたっても遠慮がちな態度を崩さない。

志朗はずっと、ふたりの間に見えない壁のようなものを感じていた。

そして、大学生になった一希は少しずつ変わりはじめる。

それまでは呆れるほど従順だったのに、瑛美に逆らってまでも自転車で通学したがり、なぜか志朗が留守のときだけ寝坊するようになった。

「おまえに慕われているのは間違いないと確信していたが、それが愛ゆえなのかどうかが、俺には徐々にわからなくなってきた」

一希が自分に保護者としての温もりを求めているだけなら、いずれこの手から離れていくことになる。

そんな不安に駆られるようになったとき、他の男が運転する車で帰宅する一希を志朗は目撃してしまった。

「切なそうな顔で走り去る車を見送るおまえを見て、頭に血が昇った。それで、誰にも渡したくないと、あんな乱暴な真似をしてしまった。嫉妬するあまり、自分の感情をコントロールできなくなっていたんだ」

悪かった、と一希の頭を撫でながら志朗が呟く。

その辛そうな声に、一希は弾かれたように顔を上げた。

「僕も同じです。志朗さんを誰にも取られたくなくて、嫉妬するあまり気がついたら写真を床に叩きつけてました」

「そうか。……一緒だな」

「はい、一緒です」

志朗の声が穏やかな調子に戻る。

安心した一希は、また志朗の胸に頬を寄せた。

「ずっと……嘘をついているのが苦しかった。いつか本当のことを言わなきゃならない日が来る。その日が来たら、きっと最低な嘘つきだと嫌われるって……そう思ってました」

本当のことを言う勇気のないまま、志朗の側を離れたくなくて、ずるずると嘘をつき続けてしまった。

「最低の嘘つきだってばれたとき、なにもかも嘘だったんじゃないかと思われるのが怖くて、志朗さんに恋をしてることも言えなくて……。まさか志朗さんに愛してもらえてたなんて、思ってもみなかったから……」

「それなら、俺がどんなつもりでおまえを抱いていると思ってたんだ？」

「気楽に性欲処理できる……その……玩具、みたいなものかなって……」

小さな声で遠慮がちに言うと、「酷いな」と憮然とした声が頭の上から聞こえた。

「ごめんなさい」

「まったくな。……だがまあ、俺の態度も悪かった。おまえの従順さに甘えていたようなものだからな。——一希」

呼ばれて一希は顔を上げた。

「これからは、不安なことや辛いことがあったら、ひとりで抱えずになんでも俺に言え。一緒に解決策を考えてやるから」

「はい」

一希は嬉しくなって素直に頷く。

「あの……志朗さんも僕に話してくださいね。お役に立てるかどうかはわからないけど、一生懸命考えます」

今まで一希は、いつも与えてもらうばかりだった。

与えられるのを待ってばかりで、自分から動こうとしなかった。

自分から手を伸ばしていたら、もっと早くこの幸せを手に入れることができていたはず。

そして志朗を無駄に悩ませることもなかった。

（変わらなきゃ）

真剣な目で見つめると、志朗は深く頷いてくれた。

「そうか。……頼りにさせてもらう」

志朗の薄い唇に、いつになく深い笑みが浮かぶ。

その笑みに引き寄せられるように、一希は志朗に自分からそっとくちづけた。

6

週末、一希はひとりで京都の実家に戻った。

すべての事情を知った上で実子として認知し、育ててくれた統悟に直接お礼を言いたかったのと、母の墓参りに行きたかったからだ。

母のことはずっと大好きなままだったが、それでもやはり恐ろしい嘘の中に置き去りにされたと恨む気持ちもあって、今までは純粋に母の死を悼《いた》むことができずにいた。

だが、すべての誤解が解けた今なら、素直な気持ちで母の墓前で心から手を合わせることができる。

(母さん、ごめんね。疑っちゃって……)

自分のことを誰よりも大切にして溺愛してくれた母。

ちょっと考えれば、そんな彼女が、恐ろしい嘘の中に自分を置き去りにしていくはずがないとわかったはずだった。

臆病すぎて現実を直視できずに目を閉じてしまったせいで、一希はすぐ目の前にある答えを見つけられずにいた。そのせいで十年間も悩み苦しんでいたことを、誰よりも一希の幸せを望んでくれていた母が知ったらどんなに悲しむだろう。

それを思うと、申し訳ない気持ちで胸がいっぱいになるが、ここで後悔に立ち止まるのも母の望むところではないはず。

こうして墓前で手を合わせることで、気持ちを切り替えるきっかけにするつもりだった。

ちなみに統悟は、一希が自分の認知にまつわる諸事情をまったく知らずにいたことを、長年気づかずにいたことに平身低頭で謝ってくれた。

「君がすべて知っているとあの子が言っていたから、てっきりすべての事情を聞いたんだとばかり思っていたんだよ」

実子ではないことを人に知られたら面倒なことになるからと、極力その話題を避けていたせいで、確認することさえ怠ってしまった自分を統悟は酷く悔いていた。

「思い返してみれば、あの子は京都に到着したその日に床について、そのまま入院したんだった。それを思えば、君にきちんと説明する時間があったはずがない。どうしてそんな簡単なことに気づかなかったのか……」

本当に悪かったねと何度も謝られて、一希はむしろ恐縮してしまった。

すべてが誤解だったとはいえ、自分が実子ではないという秘密を抱えて周囲の人々を騙し続けてきたことは事実だったから……。

だからこそ、けじめは必要だと思い、戸籍から自分を抜いてくれるようにと統悟に頼んでみたのだが断られた。

抜いたとしても、どうせすぐに養子縁組するから同じことだと……。

「君は僕の息子だよ。一希、頼むから、僕を君の父親のままでいさせてくれないか?」

お願いだと言われて手を握られ、真剣な表情で瞳を覗き込まれる。

その真摯《しんし》な眼差《まなざ》しに押されるように、一希は思わず頷いてしまっていた。

(なんて優しい人なんだろう)

母が一希に与えてくれた、もうひとりの父親は……。

嬉しそうに微笑んでくれる統悟に、一希は胸を熱くしながら微笑み返した。


母の墓参りを終えた後、統悟に促されて、はじめて実父のお墓に行った。

「人が一目惚れする瞬間を見たのはあれがはじめてだったな」

その移動中の車内で、おっとりと微笑む統悟が両親のことを教えてくれる。

その当時、実家が零落して統悟の援助で暮らしていた母は、ことあるごとに統悟のところに遊びに来ていたのだと言う。

それだけではなく、その外出先にまでくっついて来ることもあり、そんなある日、文化事業の後見の都合で訪れた大学で実父と出会ったのだと。

「彼は車椅子に乗っていた。生来身体が弱いとかで、合格したものの体調を崩して通えずじまいだった大学構内を見に来たんだと言っていたな。たまたまその日は体調がよかったとかで、この機会を逃すともう来られなくなるかもしれないからと……」

家の者に知られると止められると、ひとりで外出したのはいいものの、ちょっとした段差に引っかかって困っていたところに統悟達は出会《でくわ》したのだ。

そしてそんな彼に一目惚れした母は迷わず駆け寄っていき、どうせ統悟が仕事をしている間は暇だからと自ら進んで彼の手助けを申し出た。

統悟が仕事を終えて彼らと合流したときには、もうすっかりふたりはいい雰囲気になっていたらしい。

「その後のことは、よくわからないんだ。あの子は君のパパに夢中になってしまって、家には滅多に遊びに来なくなってしまったからね。彼は外でデートできるような身体ではなかったから、きっとあの子のほうが積極的に押しかけていってたんだろうけど……」

次にきちんと会えたときには、実父は天に召された後で母はもう一希を妊娠していた。

実父を溺愛していたその両親から、お腹の子供を渡せと脅迫じみたやり方でつきまとわれて困り果て、統悟に助けを求めてきたのだ。

「君を実子だと認知することが、一番確実に君たち親子を守る道だと判断したんだ。当時は、僕があの子に援助していたことを、愛人契約だと誤解している人達がたくさんいたからね」

「じゃあ、本当に母は愛人とかじゃなかったんですね」

「うん。僕にとってあの子は、年の離れた妹のような存在だったよ」

統悟は母のことを『あの子』と呼ぶ。

その穏やかな響きからだけでも、それが真実だとわかった。

「でも……あの……志朗さんのお母さんは、僕を実子として認知することをどう思っていたんですか？」

一希は、ずっと心に引っかかっていたことを思い切って聞いてみた。

「妻は賛成してくれていた。というか、君を認知するという案を最初に思いついたのが彼女なんだ。僕と妻は家同士が決めた許嫁《いいなずけ》でね。そのせいもあって、子供の頃から彼女は機会あるごとに家に遊びに来ていた。だから、当然あの子のことも子供の頃から知っていたんだ。僕以上に、あの子を可愛がっていたぐらいだ。……それに、妻は身体が弱くてね。第二子を諦めざるを得なかったから、もうひとり子供が増えることを心から喜んでくれていたよ。これで志朗に弟妹を与えてあげられると……」

とはいえ、実父の両親が産まれた赤ん坊に密かに執着し続けていたこともあって、誘拐を恐れた母は、一希が産まれた後に京都を出ることにしたのだ。

「その……父方の祖父母は今はどうしてるんでしょう？」

「ふたりとも亡くなられたと聞いている。ご兄弟、君の叔父叔母は存命だが……」

会ってみたいかと聞かれて一希は首を横に振る。

そちら側の親戚はいないものとして育って来たから興味がまったく湧かないし、会ったところで厄介なことになるだけのような気がした。

「あ、でも、先方と偶然会ったりしたら、僕が彼らの弟の子だって気づかれてしまいますよね？」

「どうして？」

「だって、僕のこの顔、実父に瓜二つ《うりふた》なんでしょう？」

生前の母から耳にたこが出きるくらい言われ続けたことを告げると、統悟はそれはどうかなと言わんばかりの困惑した顔になる。

「似てないんですか？」

「正直、僕にはわからないんだ。あの子は彼と出会ったときから、まるで天使みたいに綺麗な人だと言っていたけれど、僕の目にはそう見えなかったからね」

「じゃあ、どんな風に見えていたんですか？」

「単純に余命の少ない病人だね。長年の闘病で痩《や》せ細っていて、骨と皮ばかりだったから……。ただ、その瞳《ひとみ》にだけは生気が溢れていたが……」

目は落ちくぼみ、肉の薄い頬には骨が浮き出て、鼻と顎は不自然に尖《とが》っていた。すでに死相すら垣間見えるほどで、美醜《びしゅう》を図れるような容貌ではなかったのだと統悟は言う。

（似てなかったんだ）

それを聞いて、悩み事がまたひとつ減った一希はほっとした。

「でも、あの子の目には、彼が今の君のように見えていたんだろう。さて、恋ゆえにフィルターがかかっていたのか、美醜を見分ける能力が高かったのか……」

どっちだろうねと問われて、一希はフィルターだと思いますと微笑んで答えた。

あれは人生最高のロマンスだったと、少女のように微笑む母の顔を思い出しながら……。

「あばたもえくぼというやつだね」

「僕の父は、お父さんから見てどんな人でした？」

「一度しか会っていないから第一印象でしかないが……。とても強い人だったんだろうとは思うよ。余命が少ないことを知っていても、学びたいという意志を捨てていなかったぐらいだからね」

（ああ、そうか。それでか……）

母がなぜ、頑ななまでに一希を学校に通わせようとしたのか、その理由がわかったような気がする。

愛した人が叶えられなかった願いを、その子供である自分に叶えて欲しかったのだろうと。

（今まで僕は、なんて勿体ないことをしてたんだろう）

手の中にある幸せを守りたいと思うあまり変化を望まず、目の前にある可能性から目を閉ざして、狭い殻の中に閉じこもって生きていた。

こんな自分を、きっと母は喜ばない。

母から与えてもらったなんでもできる健康な身体と、なに不自由のない環境をもっと活かした生き方をしなければバチが当たりそうだ。

すべての不安から解放されて、一希はすっきりとした気持ちで前を向いていた。

★

「来週の水曜の夜は暇か？」

講義が終わった直後、隣りに座る真田から聞かれた。

「合コンなら断るよ」

「ただの親睦会《しんぼくかい》だ。それならいいんだろ？」

「うん。二次会とかには参加しないけど」

「わかってる。んじゃ、そういうことで」

真田は一希の肩をポンと叩くと、少し離れた所でたむろっていた女の子達の所に駆け寄って行く。すぐに嬉しそうな声が聞こえてきたところからして、きっと彼女たちも親睦会のメンツなのだろう。本当に合コンじゃないのだろうかと、いまいち不安が残るところだ。

季節が冬に変わる頃には、一希は以前とは違って人との関わりを厭《いと》わなくなっていた。

飲み会にも参加するようになったが、とりあえず志朗と相談してマイルールは決めてある。

帰りが遅くなるような集まりには、当日誘われても参加はしない。あらかじめスケジュールを入れた上で参加して、帰りは志朗に迎えに来てもらうこと、等々。

どこの箱入り息子だよと真田には呆れられたが、一希が世間知らずなのは事実だし、それまでと急に行動パターンを変えたせいで、志朗や家の者達に心配をかけたくもないから、当然のことだと思っている。

真田以外にも、気軽に会話できる友達が何人かできた。

社交的になろうと一希が決意したことを察した真田が、一希は対人スキルが低いコミュ障だなどと失礼なことを周囲に触れ回ってくれたせいか、みんな一希に対してやたらと優しく丁寧《ていねい》に接してくれるのが少しばかりくすぐったいけれど……。

相馬とはあれ以来会っていない。

だが、すべての事情を知った志朗が一希のために彼の動向を調べてくれた。

それによると、相馬はあの店を手放し、知り合いの店でバーテンダーとして新たに働きはじめたらしい。

堅気のしっかりした店だと聞かされて、一希は嬉しかった。

家に帰るとすぐ、「志朗さまがサンルームでお茶してらっしゃるわよ」と、最近ゆったりした服を着るようになった瑛美が微笑んで教えてくれた。

どうやら瑛美は満子から一希達の関係を知らされたらしく、こんな風にふたりきりですごす時間を故意に作ってくれるのだ。

協力してくれるのだから、ふたりの関係に嫌悪感を抱かずにいてくれているのだろう。

よかったと一希は密かに胸を撫で下ろしている。

「ただいま戻りました」

「ああ、おかえり」

一希がうきうきした気分でサンルームに向かうと、志朗が手ずから一希のために紅茶を淹《い》れてくれた。

お礼を言って温かな紅茶に口をつけ、ほっと一息。

以前だったら、こうしてふたりきりでいられるだけで充分だったけれど、最近の一希は自分から志朗に話しかけるようになっている。

内容は、その日大学であったこととか、通学時に見た珍しい光景とか、そんなたわいもないことばかり。

そんな話に志朗は、仕事関係の書類やパソコン画面に視線を落としながらも、言葉少なに相づちを打ち、ごくたまに薄く微笑んでくれたりもする。

それで志朗が自分との会話を楽しんでくれているのだと知って、一希はふんわり幸せな気分になれるのだ。

「志朗さん、僕ずっと考えてたことがあるんです。聞いてもらえますか？」

「なんだ？」

「僕がすべての事情を知ってるって、母がお父さんに言った件なんですけど、その理由がわかったような気がするんです」

一希の言葉に、志朗は目を通していた書類から顔を上げた。

「あれは親父の勘違いじゃないのか？」

「違いますよ。勘違いしたのは、たぶん母のほうじゃないかと……」

一希と母が一晩だけ離れに泊まった夜、一希は確かに母に言ったのだ。

志朗から少しだけ話を聞いてきたと……。

「あの頃、まだ俺はおまえを本当の弟だと思っていたぞ」

「ですよね。でも、母はそんなこと知らなかったから、きっと志朗さんがすでにお父さんから事情を聞かされていると思い込んでいたんですよ」

だからこそ、あの言葉で、一希がすべての事情を知ったと勘違いしたのではないか。

そんな一希なりの推理を口にすると、志朗は憮然とした顔をした。

「つまり、俺もおまえの母親の誤解に関わっていたってことか……」

「それで言うと、僕自身も関わっていたってことになりますよ。——母は、ちょっと大雑把《おおざっぱ》でそそっかしいところがあったから……」

すべての誤解が解けた今となっては、それも母の愛嬌《あいきょう》だと笑って流すことができる。なんと言っても、母の誤解から生じた苦しみより、母に与えてもらった幸せのほうがずっと大きいのだから……。

「わかってみると、な～んだって感じですね」

どんなときでもあっけらかんと笑っていた母の笑顔を思い出す。

一希は自然に微笑みが浮かんだ唇を、カップに当てて紅茶を飲んだ。

そんな一希を眺めて、「明るくなったな」と志朗が呟く。

「はい？」

「おまえのことだ。以前と比べると、ずっと明るくなったし、よくしゃべるようになった」

「……変ですか？」

「そんなわけあるか」

志朗が僅かに微笑む。

「以前はすぐに怯《おび》えたように口を閉ざしていたし、微笑む顔も長く続かなかった。どんなに励ましてもおまえは変わらなかったから、生来の性格なのかと残念に思っていたぐらいだ」

まさか嘘をついている罪悪感で怯えていたとは思わなかったと言われて、一希は心配をおかけしてすみませんと軽く首を竦めた。

「謝ることはない。気にしていながら、きちんとその件に関して言及しなかった俺も悪い。そのくせ、おまえの笑顔が見たいばかりに小細工をしていたんだからな」

我ながら馬鹿げたことをしたものだと、志朗が苦笑する。

「それってどういうことですか？」

興味を引かれて一希が聞いたが、志朗は珍しく照れ臭そうな顔をして、たいしたことじゃないと誤魔化そうとする。

そんな顔を見せられてしまっては諦めきれるわけもなく、なおもしつこく教えてくださいと食い下がると、志朗は仕方なさそうに白状してくれた。

「わざと帰宅予定をずらして伝えていた」

「え？」

「俺が予定より少し早く帰ると、おまえは嬉しそうに笑っていただろう？」

「あれって、そういうことだったんですか」

思いがけず志朗が早く出張から帰って来るたび、確かに一希は大喜びしていた。

まさか、そんな裏があったとは……。

（嬉しいな）

笑顔を見たいと思ってくれた志朗の気持ちが嬉しくて、自然に笑みが深くなる。

微笑む一希を見て、やはり照れ臭そうにした志朗を見たら今度は胸がむずむずしてきた。

（そんな小細工、すっごく志朗さんらしくない）

照れ臭そうな顔から思うに、志朗も同じように感じているのだろう。

それでもなお、なんとかして少しでも多く一希から笑顔を引き出そうとしてくれたのだ。

「――志朗さん、可愛い」

我慢できず思ったことを口にしたら、志朗はむっとしたようだった。

「大人をからかうな」

そう言うと、不機嫌そうな顔で再び書類に目を落としてしまう。

それでも一希は、全然気にしていなかった。

（だって、本気で怒ってるわけじゃないし……）

今の志朗の表情は、以前見せられた怒りのそれとはまったく違う。

たぶん、ただの照れ隠し。

長い間ずっと志朗だけを見つめてきた一希には、その微妙な違いが手に取るようにわかる。

それに志朗はこの程度のことじゃ怒らない。

志朗が優しい人だってことを、一希は誰よりもよく知っているのだ。

（それにしても、小細工だなんて、本当に志朗さんらしくないな）

予定より早く帰ってきてくれた志朗を、喜んで出迎えたことが何度あっただろう？

一希は記憶を遡り、指折り数えてみた。

一回二回と数えているうちに、胸のむずむずが口元にまで広がってきて、勝手にくすくす笑いが零れてくる。

「……一希、なにを笑ってる？」

地を這う低音の声でそう言われ、志朗に不機嫌そうに睨まれた。

「内緒です」

一希はくすくす笑いながら、唇に人差し指を当てる。

その楽しそうな様子に、志朗はひとつ溜め息をつくと、僅かに微笑んだ。

「またたんまりか……。おまえは頑固で困る」

「ごめんなさい」

くすくす笑いが止まらない。

胸一杯に満ちあふれる幸福感に、ちょっと酔っているのかもしれないと一希は思った。

無骨者の困惑

結婚は義務のようなものだと志朗《しろう》は思っていた。

一族の者は、何代も前から利害関係のある家と婚姻という形で縁を結んできたし、財産を散逸させないための策として同族内での婚姻もよしとしてきた。

もちろん志朗の両親も政略結婚で、子供の頃《ころ》からお互いを結婚相手として意識していたのだというから呆《あき》れ返る。

志朗がまだ小学生だった頃に、そんな結婚になんら疑問を抱《いだ》いていない父から、おまえもそろそろ婚約者を決めるかと問われたことがあったが丁重にお断りした。

政略結婚に文句はなかったが、とりあえずその相手ぐらいは自分の意志で決めたかったからだ。

だが実際に結婚を意識する年齢になると、どうしても結婚に積極的になれない自分がいた。

結婚するとしても、その相手には、明らかに理不尽な条件を飲んでもらわうことになる。

さてどうしたものかと悩んでいたときに、その電話はかかってきた。

相手はこれまで面識のない女性だった。

彼女の親族が、彼女になんの相談もないまま、志朗との縁談を勧めようとして困っているのだと彼女は言う。

「相手が誰《だれ》であろうと、私には結婚する意志はありません」

結婚して家庭を持つことよりも、仕事を優先する人生を選びたい。

万が一にもこの見合い話が進められてしまったら、互いの家の格が違いすぎることもあって、こちらから断ることは難しくなる。だから、志朗のほうから断って欲しいと、彼女は頼んできたのだ。

理路整然とした意志の強そうなその女性に志朗は興味を持ち、ひとつ提案を持ちかけた。

家庭というものを築く必要のない、いわゆる契約結婚に興味はないかと……。

表向きは結婚したことにするものの、その実ただの同居人。

パートナーを伴う必要のある場にだけ同席してもらうことになるが、それ以外にはなにも要求しない。もちろん恋人を作るのも自由。ただし、その恋人との間に子供を望む場合は速やかに離婚することになる。その場合、慰謝料等は発生しないし、契約結婚につき合ってくれた礼として、こちらからそれなりの財産分与を行う用意もある。

志朗の話を聞いた彼女は、面白そうな提案だと乗り気になった。

「私の恋人の存在を認めるということは、あなたも自由に恋人を持たれるということですよね？　いえ、あなたの結婚相手としては不都合のある恋人が、すでにもういらっしゃるのかしら。――あなたの大切な人は、表面上だけとはいえあなたが結婚することを大人しく認めてくれると思います？」

「そこは問題ない」

志朗が断言すると、「凄《すご》い自信」と電話の向こうで微《かす》かに苦笑する気配がした。

だがその後、彼女とは実際に会うことなく見合い話は立ち消えになる。

申し訳ないが見合いはキャンセルさせてもらうと、こちらから伝えたのだが。

「こうなると思っていました」

やっぱりね、と言わんばかりの実に愉快そうな声だった。

（少し傲慢《ごうまん》すぎたか……）

志朗の提案が現実味のないものだと、彼女には最初からわかっていたらしい。

だが志朗にはそれがわからない。

これまでの志朗だったら、別にそれでも構わないと言い切っていただろう。

だが、今ではそうはいかない。

わからないままでは大切な者を失う失策を犯すことになりかねないと身を持って知ったばかりだったし、自分の傲慢さが知らず知らずのうちに大切な者を追い詰めてしまう危険があることも知ってしまったからだ。

（人の心は難しい）

会社経営のほうがよっぽど簡単だと志朗は憮然《ぶぜん》とした。

★

土曜の夜、志朗はサンルームでウイスキーを飲みながら、目を通し損ねていたその週の新聞を読んでいた。

いつもならば夕食後は自室に戻るところを、わざわざサンルームにいるのは一希《かずき》のゴルフ練習につき合う約束をしていたから。

サンルームにはゴルフ初心者である一希のために、パター練習ができるマットを用意してあるのだ。

「遅くなってすみません」

しばらくして、近頃めっきり明るくなった一希がサンルームに姿を現した。

「満子《みつこ》達は帰ったか？」

「はい」

一希が頷《うなず》きながら、志朗の目の前に座る。

そんな一希に、ゴルフの練習をするのではなかったのか？　と問いかけて、口を開く寸前で思いとどまった。

（……なるほど、その前に少し会話がしたいのか）

志朗は他人の感情の機微にめっぽう疎《うと》い。

自分自身が、即断即決で極端に感情の起伏も少ないほうだから、普通の人々の感情の動きを上手《うま》く把握することができないのだ。

名家の跡継ぎという立場に生まれ、人に気遣われることはあっても気遣う必要などなかったから、それでも特に不自由は感じていなかった。

が、ここにきて事情が変わってきた。

何年も前から自分のものだと確信していた一希にその思いがまったく通じておらず、それどころか、いつかこの手の中から出ていかなくてはと密《ひそ》かに思い詰めていたことを知らされたせいだ。

その危機は事前に回避できたが、それでも志朗の心の中には危機感が残っている。

すでに日常となった安定した関係だからといって安心してはいられないのだと……。

「おまえも少し飲むか？」

「はい」

手にしていたウイスキーのグラスを揺らして見せたら、一希は嬉《うれ》しそうに頷いた。

水かソーダで薄めてやりたいところだが、あいにく用意がなかったので、氷を入れた新たなグラスに指一本程度ウイスキーを注いでやって一希に手渡しする。

両手でグラスを受け取った一希は、しばらくの間、グラスを揺らして触れ合う氷の音と香りを楽しみ、やがてそっと口をつけてから、にこっと笑った。

（気に入ったようだな）

以前違う銘柄のウイスキーを飲ませたときは、微笑《ほほえ》まずに少し首を傾《かし》げていたから間違いないだろう。

新聞の影から一希の表情の変化を密かに観察していた志朗は、覚えておこうとウイスキーの銘柄を記憶に焼きつける。

「志朗さんって、服や靴を自分で選んだことありますか？」

もう酔ったわけではないだろうが、あまりにも唐突な一希の質問に、「もちろん」と戸惑いながら頷く。

「さすがに寝具や部屋着は満子に任せきりだが、仕事用のスーツや外出着はすべて自分で選ぶことにしている」

服の選択も仕事の一環だ。

その立場に見合ったグレードの服を身につけるのは大切なことだし、仕事相手の身形《みなり》から相手のセンスや経済観念などを見抜くこともできる。

だから志朗は、服飾関係に関する知識もそれなりに持っていた。

「そうなんですか……」

志朗の返事に、一希はあからさまにがっかりする。

「おまえ、自分で選んだことがないのか？」

まさかなと思いつつ聞いてみたら、一希は無言で頷いた。

「一度も？」

「ないんです。母の生前は全部任せっきりだったし、嘉嶋《かしま》家に来てからはいつもお父さんがたくさん買ってくれるから、自分で選ぶ必要がなかったんです」

東京の別宅で暮らすようになってからは、統悟《とうご》から大量に送られてくる服や靴などを瑛美がチェックして足りないものを買い足し、コーディネートまでしてくれていた。

「大学で友達から服やコーディネートを誉められて、今度助言してって頼まれたんですけど、本当のことを言ったら、みんな一斉に引いちゃって……」

しょんぼりと一希がうなだれる。

「それは、確かに引くかもしれないな」

落ち込んでいる一希には悪いが、志朗は思わず笑ってしまっていた。

ほんの僅《わず》か唇の端を上げた志朗を見て、「笑うなんて酷《ひど》い」と一希がむくれる。

「きっと志朗さんなら僕に共感してくれると思ったのに……。まさか自分で全部選んでたなんて……」

文句を言う一希のグラスに、無言のままほんの少しウイスキーをつぎ足してやると、ちょっとだけ機嫌がなおったようで尖《とが》っていた唇が引っ込んだ。

（一希は甘やかされてきたからな）

乳母日傘《おんばひがさ》で育った父が有り得ないほどおっとりとした性格になったのを反省した一族の者達の勧めで、志朗は人の上に立つ人間になるべく正しい選択をする眼力や期を見逃さない決断力を伸ばすような教育を子供の頃から受けてきた。

だが一希はそうではない。

表向きは妾腹《しょうふく》の子という立場だけに、周囲の者達から嘉嶋家の事業に対する責任を負わされることはなかったし、一希を溺愛《できあい》している父や満子親子にそれはもう大切にされて育ってきた。

特に、父と違い、いつも一希の側にいる満子親子の溺愛は呆れるほどで、一希と関係を持ったことを知られたときは、主であるはずの志朗でさえもふたりから本気で睨《にら》みつけられたほどだ。

（本人に甘やかされている自覚はなかったのか……）

志朗と同じく、一希も他人の感情の機微に疎いところがある。

志朗がその必要を感じずに育ったのとは違って、一希の場合は諸事情あって自分の殻に引きこもりぎみだったせいもあるのだろう。

そんなふたりだったからこそ、何年もの間、身体《からだ》の関係ばかりが先行して心はすれ違ったままだったのだ。

その間の一希の心のうちを思うと、さすがの志朗も苦い気持ちになる。

「それなら、今度一緒に買い物に行くか？」

志朗が一希のために用意したのはゴルフクラブだけで、ゴルフ用の服やシューズはまだだ。一希にそれを指摘すると、「行きます」と嬉しそうに頷いた。


グラスの中身を空にしてから、一希はやっとパター練習に取りかかった。

コンという音の後しばらくして、あ～と残念そうな声が響く。

何度も繰り返されるその音に視線を向けると、打ち損じたボールがあちこちに散らかっていて、成功率の低さを物語っていた。

それでもめげずに一希は果敢に挑戦している。

志朗は新聞を畳んでテーブルに置くと、その真剣な横顔をじっくりと眺めた。

（……綺麗《きれい》なものだな）

まだ小学生だった一希にはじめて会ったとき、まず真っ先に宗教画の天使を連想した。

ふわっと柔らかそうなウェーブのかかった茶髪に、形のいい大きな金茶の目。

元が色白なせいか、緊張感からうっすらと赤くなった頬《ほお》の色が実に鮮やかで、こういうのを薔薇色《ばらいろ》の頬というのだろうかと、柄にもなく文学的な感想を抱いてしまったぐらいだ。

成長して子供っぽさが消えた今は、大理石で彫られた彫刻を連想する。

ある意味、美を追究する人々にとっての理想的な形を一希は有しているように思う。ふとした瞬間、その美しさに目を奪われることはあるが、志朗は一希の美貌《びぼう》にはさして執着してはいない。

その美を愛《め》でる気持ちがあるのも事実だが、それが志朗が一希を愛しく思う主要因ではないからだ。

——あの……どうぞ。

はじめて会った日、ひとつしかないケーキをおずおずと差し出してきた小さな子供。

酷く臆病《おくびょう》そうなのに、子供の目から見たら強面《こわもて》だろう志朗を不思議と怖がりもせず、むしろ好んで側にいようとした。ふと気がつくといつの間にか志朗の部屋にいて、静かに勉強したり本を読んだりしていたものだ。

子供は自分勝手で我《わ》が儘《まま》でうるさいものだという先入観を持っていた志朗には、そんな一希の振る舞いが実に物珍しかった。

当時は京都の屋敷にいて、下手に屋敷内をうろうろすると一希に冷たく当たる親戚連中に見つかる危険があった。

たぶん、そのせいで避難場所として利用しているのだろうと最初は思っていたのだが、気《き》紛《まぐ》れを起こしてちょっと勉強を見てやったり、ひと言二言声をかけてやると、一希はそれはもう嬉しそうな顔をする。

形のいい金茶の目を細め、頬をふっくらさせてにこっと笑う一希は実に愛らしい。

自分以外の人間の前では、ここまで無防備な笑顔を見せないのだと気づいてしまうと、その笑顔をもっと愛らしいと感じるようになった。

嘘偽《うそいつわ》りなく一希から懐かれ慕われていると志朗が実感するようになるのに、そう時間はかからなかった。

嘉嶋家の跡取りとして生まれてこのかた、自分に向けられるのは周囲の大人達からの追従と恭順の笑みばかり。

子供の頃から無愛想だったからか、同年代の子供からも一目置かれ一歩引いた態度を取られていたし、年下の子供達からは本気で恐れられていた。

無条件でただ慕われるという経験はこれがはじめてで、妙にくすぐったい気分になったのを覚えている。

共にすごす時間が長くなればなるほど、志朗にとっての一希は掛け替えのない存在になっていった。

まさに掌中の珠《たま》の如《ごと》く大切に思っていたのだが、生来の無愛想な質《たち》が祟《たた》り、周囲の者達や一希自身にさえも、その気持ちはあまり伝わっていなかったらしい。

そのせいか不愉快な申し出をされたこともある。

『妾腹の弟など邪魔なばかりなのではありませんか？』

これが女だったらまだ使い道もあるでしょうにとパーティーの人混み中でこっそり囁《ささや》かれ、不愉快に思った志朗は思わずその男に視線を向けた。

それで、どうやらこの話に興味を持ったと誤解されたらしく、更に男は不愉快なことを言い出した。

『もしよろしければ、目の前から消して差し上げますよ』

誘拐を装って一希を拉致《らち》し、二度と戻って来れないようにすると男は言った。

最初は、誰かにとって不要な人間を消すと言ったような、いわゆる裏ビジネスの話を持ちかけられているのかと思った。

だが、もちろんただでとは言わない、それなりの対価を支払いますと男が言うに至って、志朗は自分の勘違いに気づく。

（この男は、一希を売れと言っているのか？）

一希の美貌を美術品として欲する者がいることに愕然《がくぜん》とした。

それ以上に、一希を金で売買できるもの扱いされたことに怒りを感じた。

怒った志朗が、万が一にも一希が姿をくらますことがあれば、まず真っ先におまえの存在を警察に告げると威嚇《いかく》すると、男は慌てて離れて行った。

その後も何度か似たようなことがあり、さすがに危機感を覚えた志朗は、一希に誘拐の危険性があることを父や満子達に伝え、それなりの予防策を取るようになった。

だが、一希本人にはいまだに秘密のまま。

そんなことがあると知ったら、臆病な一希が心底怯《おび》えるのはわかりきっている。

無駄に怯えさせずとも元から他人に対しては異常なほど警戒心が強い子供だったし、周囲が気を配ってさえいればそれで大丈夫だろうと判断したのだ。

いくらひ弱な風体であっても、さすがに大学生にもなれば安全だろうと予防策を解いて安心していたら、今度は縁談を装った身売り話が秘密裏に持ちかけられるようになった。

それを知った心配性の瑛美は、いっときも一希をひとりにしたくないと通学の際にも運転手つきの車を使わせたがっているが、志朗としてはさすがにそれはどうかと思う。

あまり過保護にしては、年齢に応じた精神面での成長が望めなくなりそうで……。

というのは、保護者としての立場での話で、恋人としての立場ではまた事情が異なる。

（本当に閉じこめておければな）

長年のすれ違いが解消され、志朗との心の絆《きずな》を手に入れた一希は、以前に比べて明るく積極的になった。

友達も何人かできたようで、彼らと遊んだ話をそれは嬉しそうに報告してくる。

その度に志朗は不愉快になるのだ。

年の離れた自分といるより、同年代の彼らと共にいるほうが一希は楽しいのではないかと……。

（この俺《おれ》が、嫉妬《しっと》なんて感情を抱くようになるとは……）

保護者としての立場なら、一希の世界が広がったことは喜ぶべき話だ。

だがひとりの男として、恋人としての立場からすると、これは非常に面白くない。

自分の知らないところで、一希が自分以外の者に親しく笑いかけているのだと思うだけで非常に不愉快だ。

一希の美貌に心動かされる者だっているだろう。

それなのに、戸籍上は兄弟なだけに、恋人同士なのだと公表して予防線を張ることもできない。

そんなことを色々考えていると、我ながら心が狭いとは思うが、本気で一希を閉じこめてしまいたくなってしまう。

（……できるはずもないが）

そんなことをしたら、きっと一希は自分に微笑みかけてくれなくなる。

実際、生まれてはじめて感じた嫉妬という感情を持て余し、なんの咎《とが》もないとわかっていた一希を乱暴に扱ってしまっていたあの頃、一希はいつも怯えたような表情ばかりで、微笑んではくれなくなっていた。

そのことで更に苛立《いらだ》ち、更に一希を乱暴に扱うという悪循環に陥ってしまった自分を、いま志朗は恥じている。

（もっとコントロールを覚えなくては……）

人の感情がわからないのと同じように、志朗には、一希を愛するがゆえに新たに発生してしまう自分の感情もわからない。

正直言ってこんなのは面倒だとすら思うが、一希を大切に思うのならば、解決しなければならない課題だった。

そんなことをぼんやり考えながら、パターの練習をしている一希を見つめていると、不意に一希が動きを止めた。

「あの……志朗さん」

「なんだ？」

「さっきから、凄く気になるんですけど……」

「なにがだ？」

志朗の問いかけに、一希は困ったように首を傾げた。

どうしたわけか、その耳元から首筋までがうっすらと赤くなっていてやけに艶《つや》っぽい。

「その……志朗さんの視線が気になるんです。緊張しちゃって余計にパターが上手く決まらないし……」

「責任転嫁《てんか》するな。練習を見てくれと言ったのはおまえだろう」

だから見ているんだと憮然として答えると、一希は「え、でも……」とちょっと戸惑ったように顎《あご》を引いた。

——確かにそう言ったけど、でもそれはただ見るだけじゃなく、素振りの善《よ》し悪《あ》しを見て欲しいって意味で……。……僕、誤解されるような言い方をしたのかな？

困惑した表情とふらふらと揺らぐ視線から、一希のそんな心の動きを予測して、志朗はほんの少し唇の端を上げた。

その志朗の表情の動きに、今度は一希が憮然とした顔になる。

「わかってて言ってるんでしょう？　……最近、志朗さんちょっと意地悪です」

「意地悪じゃない。からかっているだけだ」

「からかうって……。僕を困らせて楽しいんですか？」

「かなり楽しい」

むっとした一希に軽く睨まれて、志朗はうっすら微笑んだまま頷いた。

以前は、儚《はかな》く消えてしまう一希の微笑みだけを見たいと思っていた。

だが今は、それ以外の、以前は決して見せてくれなかった怒った顔や拗《す》ねた顔をもっと見たいと思う。

「おまえは怒った顔も綺麗だから」

かなり楽しいよと、一希の顔に視線を向けたままで言うと、一希はかーっと赤くなってそっぽを向いた。

「志朗さん、やっぱり意地悪です」

一希はギクシャクと妙に緊張した仕草で散らばったゴルフボールを集めると、また黙々と練習しはじめた。

少し動きが滑らかになってきたところで、また声をかけてみる。

「パターの練習ばかりじゃ飽きるだろう。そろそろグリーンに出てみないか？」

「それはまだ駄目です。今度、真田《さなだ》くん達と打ちっ放しとかいうゴルフの練習場に行く予定なんです。そこでショットの練習をしてきますから、その後で」

（また、真田か……）

最初に友達になった人物らしく、一希の口からはその名前をよく聞かされる。

あまりにも接近しすぎているようで、少々面白くない。

「真田くんとやらは、随分と面倒見がいい男のようだな」

一希は、志朗の少しばかり険のある物言いに気づかず、動きを止めて嬉しそうに微笑んだ。

「はい。凄く気さくで明るくて、男女問わず友達が多い人なんです。彼のお蔭《かげ》で僕も随分と友達が増えました」

「そうか……。それはよかったな」

こんな顔を見せられては、もうなにも言えない。

自分の嫉妬心から、一希の友達を奪うような真似《まね》はできない。

一希の様々な表情を見たいとは思うが、悲しむ顔だけは例外だ。

「そのうち、夕食にでも招待したらどうだ？」

「いいんですか？」

「ああ。おまえが友達を連れてきたら、きっと満子達も喜ぶだろう」

「はい！」

直接会ってどんな人物なのか知れば、少しはこの嫉妬心も収まるかもしれない。

一希に対する態度次第では、逆効果になる可能性もあるが。

(その場合は、軽く予防線を張っておくか……)

我ながら、なんと余裕がないことか。

自分の心の狭さに呆れ返るばかりだ。

「それにしても、どうしてそんなにグリーンに出るのを嫌がるんだ？」

ゴルフクラブを手に入れたときから何度か誘っているのだが、毎回断られてばかり。

実はゴルフにあまり乗り気じゃないのかもしれないが、それにしては熱心に練習しているのが不思議だ。

「練習なら、実地でしても構わないんだぞ」

「そんなの駄目です。もたもたしてると、後のグループの人達に迷惑かけちゃうって聞いてますし……」

「なんだ、そんな心配をしていたのか。それなら大丈夫だ。貸し切りにするから問題ない」

「貸し切り？」

どうやら一希は、大学の友達連中から初心者のスロープレーは嫌われると散々脅されていたらしい。

貸し切りにしてもらえるのならば、誰にも迷惑をかけずに済むとほっとしたようだった。

「あ、でも、あっちこっち飛ばしちゃって、志朗さんには迷惑をかけちゃうかも……」

「迷惑だとは思わない。おろおろ狼狽《うろた》えるおまえを眺めて楽しませてもらうからな」

「……志朗さんって、やっぱり意地悪だ」

一希がむっとしてまたぷいっと視線をそらす。

（この表情なら大丈夫だな）

耳たぶが赤くなっているし、拗ねているだけで本気で怒っているわけじゃない。

いまだに人の感情の機微には疎いままだが、一希に関してだけは以前より随分とわかるようになってきた。

だが、二度も続けて拗ねさせたままなのはさすがにまずいだろう。

フォローするかと立ち上がり、再び練習をはじめた一希に歩み寄る。

「そのまま続けても入るようにはならないぞ」

「だから、教えて欲しいって言ってるのに……」

「最初に教えたはずなんだがな」

志朗は、恨みがましい目で見る一希の背中と肘《ひじ》を軽く叩《たた》くと、背後から抱きかかえるようにしてパターを握る一希の手に手を重ねた。

「背中を丸めず、肘に力を入れすぎないようにして、肩の動きで打つんだ」

こうやって……と、抱きかかえたままでゴルフボールを転がすと、首尾よくボールはカップに吸い込まれるようにして消えていった。

「凄い、入った！」

嬉しそうにはしゃぐ一希に、もう一度ひとりでやらせてみたのだが、やはりなかなか上手くいかない。

仕方なくもう一度背後から抱きかかえて、打ち方をレクチャーしてやる。

「おまえは腕に力が入りすぎているんだ。……いいか、こんな感じで身体を動かすんだ」

身体を密着させたまま耳元で囁き、何度か素振りを繰り返してみる。

ふと気づくと、一希が不自然に首を竦《すく》めていた。

「肩をそんなに上げるんじゃない」

なにをやっているんだと顔を覗き込むと、どうしたわけか一希は困った顔で赤くなっていた。

（……なるほど）

密着した身体と耳元で囁く声に反応してしまったらしい。

そのつもりはなかったが、敏感な身体を持つ一希にとっては、この手のこともセクシャルな刺激に通じてしまうようだ。

以前受けたセクハラの講習で、この手の行為も部下に対するセクハラと受けとめられかねないと言われたことを思いだして、志朗はちょっと苦笑してしまった。

（部下じゃないんだから、まあ、いいだろう）

相手は恋人なのだから、これはセクハラには当たらない。

「一希、肩の力を抜け」

わざと身体の密着具合を深くして、耳元に息を吹きかけるようにして囁く。

一希はビクッとまた首を竦めると、真っ赤になって俯《うつむ》いてしまった。

「……意地悪」

非難するように拗ねる声が妙に甘く耳に届く。

だが一希は身じろぎもせず、じっと志朗の腕の中に留《とど》まったまま、どうやら逃げる気はないようだ。

（これは……続きを期待されていると受け取ってもいいのか？）

一希の首筋は、まるで志朗を誘うように綺麗な薔薇色に染まっている。

これで我慢しろと言われても正直困る。

「一希？」

誘われるまま首筋に軽く唇で触れてから、名を呼んでみる。

一希は唇が触れると同時にビクッと震え、やがておずおずと振り向いた。

その唇に軽いキスを繰り返しながら、そっと一希の手からパターを取り上げてマットの上に転がした。

「……志朗さん……んっ……」

触れ合ったままの唇から甘えたような声が漏れ、自由になった一希の両腕が背中にぎゅっと回される。

（どうやら正解だったようだ）

自分の判断が間違っていないことに満足しながら、志朗は一希を強く抱き締めると、更に深く唇を重ねていった。

あとがき

こんにちは。もしくは、はじめまして。

黒崎あつしでございます。

少しずつ日差しが温かくなり、春が恋しい今日この頃。

今年は、もう飽きるほど花見に行ってやるぞと今から張り切っております。


さてさて今回のお話は、恋の成就に消極的な子が主人公のお話です。

内向きに悩んでぐるぐるする主人公は得意分野のはずが、あまりにも積極的に後ろ向きな主人公に思いがけず振り回されてしまいました。

これで恋した相手が主人公を器用に導いてくれる大人だったらまだしも、無口な無骨者なものだからなかなかお話が進まず……。

不器用な主人公達が、なんとか無事に着地点に到着してくれてほっとしています。

少しでも皆さまに気に入っていただければ幸いです。

イラストを担当してくださった御景椿先生、可愛いイラストをありがとうございます。心から感謝いたします。

担当さん、辛抱強く励ましてくれてありがとう。もう感謝の言葉しか出てこないよ。どもどもです。

この本を手に取ってくださった皆さまにも心からの感謝を。読んでくださってありがとうございます。

皆さまが、少しでも楽しいひとときを過ごされますように。またお目にかかれる日がくることを祈りつつ……。

二〇一四年二月

黒崎あつし

✦初出　一途な玩具《おもちゃ》………………書き下ろし
無骨者の困惑……………書き下ろし

黒崎あつし先生、御景 椿先生へのお便り、本作品に関するご意見、ご感想などは
〒151-0051 東京都渋谷区千駄ヶ谷 4-9-7
幻冬舎コミックス　ルチル文庫「一途な玩具《おもちゃ》」係まで。

幻冬舎ルチル文庫
一途な玩具《おもちゃ》

2014年3月20日　　第1刷発行

✦著者　黒崎あつし　くろさき あつし

✦発行人　伊藤嘉彦

✦発行元　株式会社 幻冬舎コミックス
〒151-0051 東京都渋谷区千駄ヶ谷 4-9-7
電話 03(5411)6431[編集]

✦発売元　株式会社 幻冬舎
〒151-0051 東京都渋谷区千駄ヶ谷 4-9-7
電話 03(5411)6222[営業]
振替 00120-8-767643

✦印刷・製本所　中央精版印刷株式会社

✦検印廃止

ISBN978-4-344-83097-4　C0193　Printed in Japan